# 人类起源于一条鱼

**谢胜瑜** 主编

江西科学技术出版社

图书在版编目（CIP）数据

人类起源于一条鱼 / 谢胜瑜主编. -- 南昌：江西科学技术出版社, 2022.1
（青春正能量丛书）
ISBN 978-7-5390-8083-3

Ⅰ.①人… Ⅱ.①谢… Ⅲ.①随笔-作品集-中国-当代 Ⅳ.①I267.1

中国版本图书馆 CIP 数据核字（2022）第 004214号
国际互联网（Internet）地址：
**http://www.jxkjcbs.com**
选题序号：**KX**2021105
图书代码：**D**22001-101

# 人类起源于一条鱼

**谢胜瑜** 主编

**责任编辑** / 邓　莉
**出版发行** / 江西科学技术出版社
**社址** / 南昌市蓼洲街2号附1号
**邮编** / 330009　**电话** / (0791)86623491　86639342(传真)
**经销** / 各地新华书店
**印刷** / 南昌市红星印刷有限公司
**版次** / 2022年1月第1版
**印次** / 2022年1月第1次印刷
**开本** / 787 mm × 1092 mm　1/16　**印张** / 11.5
**字数** / 154千字
**书号** / ISBN 978-7-5390-8083-3
**定价** / 20.00元
赣版权登字-03-2022-13

# 针与花（代前言）

□文/邓莉

女儿八岁，读小学三年级。我时常叨咕："她怎么一点儿也不像我，性子慢得出奇不说，而且特别有阿Q精神。"当然，其实她成绩不错，也算是个聪明可爱的小姑娘，可她说话慢，走路慢，吃饭慢，做什么都慢。因为她爸爸姓曾，所以我给她取了个外号：曾慢。

每天晚饭时，是我和"曾慢"同学例行对话的时间。说是例行，其实完全是作为母亲的我急于知晓我的小宝贝儿今天过得咋样、学得咋样。通常，一拿起碗筷，我们的对话就开始了。

今儿一早，小姑娘穿了她最喜欢的粉色套头衫，还在胸前别上了一枚粉色毛绒小花胸针。我看见了，说："别臭美，摘了吧，别被你搞丢了。"她不答话，神情沮丧。看看上学时间快到了，我便没再说什么。

可是不对呀，小花胸针怎么这会儿不在她胸前呢？

我问"曾慢"："你的小花胸针呢？"

"哦，这个呀。妈妈，胸针上的花掉了……"她依旧不紧不慢地说。

"掉了？我就叫你不要戴吧。"

"但是，我捡起来了。我想回家后可以叫爸爸帮我用胶黏好。"

"是吧，那挺好，我以为真掉了。"我心想，这熊孩子果然是慢，话都不能一口气说完。

"可我让高佳怡帮忙拿着它，高佳怡不小心把它掉到操场的下水道里了。"她看着我，却不见一点儿不愉快。

"高佳怡跟我说了对不起，还说会赔我一个。我对她说，不是赔的问题，是现在只有小花在下水道呢。”

“什么意思？”我完全听不懂。

“小花很可怜，它很孤单呀。所以我把胸前的针拿下来，也扔进下水道了。”小姑娘露出灿烂的笑，就那么看着我。

夹菜的手真就在空中停住了，大概有三秒钟，我什么也说不出，只觉得，觉得什么呢？嗯，觉得好像有一大朵一大朵像棉花糖般的云朵将我包围，软软的、暖暖的，还甜甜的。这，其实是有一天我问“曾慢”同学，你觉得幸福是什么的时候，她给我的回答。

针与花，再也不孤单了。真好！

# 目 录

## 先有花朵，还是先有蜜蜂

如果说鸡和蛋的先后争论有些抽象空泛的话，那么有关花朵和蜜蜂的考证，就显得既具象又具体了。

## 金鱼的记忆不止7秒

可别再说自己的记忆跟金鱼一样只有7秒，金鱼可不背这个黑锅。

## 一个夹子冻住一只猫

假如猫妈妈知道自己与孩子之间的默契，竟变成了孩子的软肋，心里会不会有些懊恼呢？

## 苍蝇也懂高等数学

苍蝇之所以能躲过“追杀”，是因为它们懂高等数学。

## 霸王龙的呆萌小手有何用

靠这两根“小油条”来做俯卧撑，也真是难为霸王龙了。

## 当北极熊和企鹅成为邻居

如果将企鹅迁徙到北极，或将北极熊运到南极，它们的命运将会如何？

# 先有花朵，还是先有蜜蜂

如果说鸡和蛋的先后争论有些抽象、空泛的话，那么有关花朵和蜜蜂的考证，就显得既具象又具体了。

# 绅士鸭子丹尼尔

□文/烁　颖

一只鸭子能乘坐飞机吗？

美国一只名叫丹尼尔·特大啃·臭屁屁的鸭子，就跟随主人一起乘坐了飞机。有热心的网友拍下照片，鸭子坐飞机的新闻霎时占据了头条，吸引了无数眼球。

鸭子为什么能上飞机？那是因为丹尼尔不是一只普通的鸭子，而是一只有官方证明的“援助鸭”。为此，美国机务组不仅允许丹尼尔登机，还给丹尼尔“先生”颁发了飞行证书。

据丹尼尔的主人卡拉说，2012年，她接来当时只有两天大的丹尼尔作为宠物。一年后的一天，卡拉不幸遭遇了车祸，身受严重创伤。虽然她花了四个多月时间重新学会了走路，但依然患上了轻微的创后应激综合征：整天只敢待在家里，一想到要出门就无比恐慌，简直可以用地狱般的心情来形容。在调养过程中，卡拉惊奇地发现，丹尼尔似乎能察觉到自己状态的不对劲。每当她伤痛复发或精神紧张时，丹尼尔就会适时地凑过来，窝在她怀里，各种亲亲蹭蹭，仿佛在给予她无限的安慰。

在丹尼尔长时间的陪伴和鼓励下，几乎不敢离开房子的卡拉，开始尝试着走出家门，跟丹尼尔一起四处散步。就这样，卡拉的精神状况一天比一天好，丹尼尔也成为家里必不可少的一分子。卡拉曾多次表示，丹尼尔就像是朋友和家人，自己身体有什么事儿都可以对丹尼尔说，而且丹尼尔好像都能听懂。在相处的过程中，丹尼尔变得越来越有灵性，今年四岁的它对人类很是依赖，还特别喜欢跟小朋友一起玩耍。

随着时间的推移，卡拉越来越离不开充满灵性、活泼可爱的丹尼尔。于是，卡拉找到医生，为丹尼尔开具了“援助动物证明”，这样，丹尼尔就算是有了正式的工作身份。无论是出门乘坐地铁或其他交通工具，还是出门办事、旅行，丹尼尔都可以时刻陪在她的身边。为了卫生和安全，卡拉还给丹尼尔专门定做了保护脚蹼的小红鞋，还有鸭子尿片。卡拉说：“每次出门前，我都会帮它更换新的尿片，再洗个澡，以确保别人闻不到奇怪的味道。丹尼尔也特别懂事，在外面时从不乱扇翅膀或嘎嘎大叫，不乱跑，也不会追人。丹尼尔最喜欢的尿片款式就是美国队长的那款。”现在，无论卡拉去往何地，丹尼尔都会随行。

这一次，卡拉碰巧要搭飞机外出，机场人员在了解情况后，破例允许丹尼尔陪同卡拉一起登机。于是，就有了“绅士鸭”萌萌哒上飞机的一幕：当时，它臀部还包着尿不湿，脚（掌）蹬红色小鞋，乖乖地坐在椅子上，跟随主人一起坐飞机。整个航行过程中，丹尼尔表现得十分安静，不吵不闹，像一位彬彬有礼的绅士。丹尼尔对其他乘客也十分友好，看到有人向他伸出手，丹尼尔还会一摇一摆地扭着屁股走过去，和蔼、温柔地跟对方打招呼，这个情景逗笑了飞机上的其他乘客。

对于这位忠诚又暖心的小伙伴，卡拉表示：“丹尼尔十分聪明、体贴，饿了，会自己走到冰箱前，等我喂食；拉了，会走到放尿片的地方，等我给它换上新尿片。平时，它还会陪我看书、看电影。虽然大家更习惯援助犬或援助猫之类的援助动物，但我的援助动物是丹尼尔。我也希望更多人能知道，鸭子也可以成为人们善良、可爱且忠诚的好伙伴。”

# 从《名侦探柯南》里“走”出来的红耳鹎

□文/乔　娟

红耳鹎以炫酷时尚的外貌而鸟如其名，它白色的脸颊上方有一处鲜艳的红色斑块儿，头顶像抹了发胶一样，一撮黑色的羽毛高高耸起，什么风儿都吹不倒。这个发型简直就与《名侦探柯南》里走出来的小兰一模一样：尖尖如锥，直冲脑门儿，一股霸气冲天而起！长成这样够酷了吧，可红耳鹎还嫌不过瘾，还要把尾巴根儿那块地方也变成红色。

红耳鹎主要分布在印度和东南亚，我国华南和西南地区也有少量分布。

红耳鹎天性活泼顽皮。每天太阳一升起，十多只红耳鹎组成的小分队就开始活动了。它们叽叽喳喳地叫着，到处侦察，寻觅榕树、棠李、石楠、蓝靛树和灌木，一旦发现目标，同伴们立即三三两两驻足树干，开始啄食这些树木的种子、果实和花骨朵儿。光吃素容易营养不均衡，红耳鹎还会时不时地给自己换换口味儿。有时，它们飞着飞着，突然一个360° 翻转，空中的飞蛾、蝴蝶就成了它们的腹中之物。在所有食物中，红耳鹎最喜欢吃的还是树的种子，这让它们无意中成了猪血木的保护神。

猪血木是我国特有的珍稀树种，它树干笔直美观，树材不裂不挠，除了大量用于建筑和打造家具之外，也广泛应用于造船，具有很高的经济价值。因为优点太多，它成为人们发财致富的一条路径，砍来砍去就把它弄成了濒危树种。现在，仅有广东省阳春市八甲镇地区还残存着几十棵猪血木，如今已被列为国家二级保护植物。植物专家们对猪血木的分布稀少、繁殖率低十分头疼。没想到，红耳鹎带来了令人振奋的消息。红耳鹎很喜欢吃猪血木的果实，它吃下种子后，只会把种子表面的果肉消化掉，种子仍能完好无损地排泄出来。这些鸟儿到处飞行，种子就可以随时随地地被排出。这就为猪血木的生长带来了机会，红耳鹎就这样充当起了猪血木的保护神。悲催的是，红耳鹎虽然保护了珍贵树种，但是保护不了自己。

红耳鹎吃饱喝足之后，常常站在树枝上高歌，它们的歌声抑扬顿挫、优美动听，还时常变换曲目，有时候唱“布匹，布匹，布匹……”有时候唱的是“威，踢，哇……”唱到尽情处时，索性跳起舞来。这让看见它的人瞬间眼前一亮，一见钟情。长相靓丽，歌儿又好听，红耳鹎的高调为自己招来了灾祸：人们来到森林竞相捕捉。在越南、泰国等地，人们把红耳鹎当成摇钱树，把捉来的红耳鹎集中到一起，举办歌唱大赛。公园里支起一个又高又长的架子，上面挂满了圈养着红耳鹎的鸟笼。主人用食物引诱它们鸣叫，谁叫得欢、叫得美，谁就可以替主人赢得一大笔丰厚的奖金。

随着人口增加、森林砍伐和环境污染，红耳鹎的数量已急剧减少。加上利益作祟，红耳鹎的未来令人担忧。现在，三十只左右的中群红耳鹎都很难见到了，更别说成百只的大群红耳鹎。它现在已经被列入《国家保护的有益的或者有重要经济、科学研究价值的陆生野生动物名录》，如果再不加以保护，禁止私抓乱捕，红耳鹎的灭绝也只是时间问题。

# 先有花朵，还是先有蜜蜂

□文/船　舷

曾经让我们疑惑多年的“先有鸡，还是先有蛋”这一科学命题，最近终于有了确切的答案。英国科学家证明：必须先有鸡，然后才会有蛋。因为蛋的形成需要一种只在鸡的卵巢内才存在的特殊蛋白质，只有这种蛋白质存在，才能形成蛋壳。这种被命名为OC-17的蛋白质，具有催化剂的功能，能够加速蛋壳的发展进程。

如果说鸡和蛋的先后争论有些抽象空泛的话，那么有关花朵和蜜蜂的考证，就显得既具象又具体了，因为有触手可及的化石为证。

在美国地质学家史蒂芬·哈乔维斯发现亚利桑那州东部的化石森林中的一组蜂巢之前，主流科学界均认为地球先有开花植物，后有蜜蜂，两者的间隔有上亿年。仔细想想，没有人不同意这个观点，蜜蜂的确依靠花蜜存活，至于替花传粉，促进植物的新陈代谢、繁荣昌盛，完全是它们获取食物的善意回报吧。

迄今为止，人类发现的年代最久远的蜜蜂，包裹在美国新泽西州的一块琥珀中，距今已有8000万年。而被子植物，也就是绿色开花植物，在地球的遗迹被测定为距今1.2亿年至1.1亿年前。换句话说，被子植物已然枝繁叶茂，欣欣向荣了三四千万年后，小蜜蜂们才姗姗来迟，虽然它们一见倾心，并在日后建立了绝妙完美的互惠关系。

哈乔维斯发现的蜂巢化石，经碳十四测定距今已有2.2亿年，这将蜜蜂在地球上出现的时间提前了1.4亿年。也就是说，在被子植物远未破土之前，蜂类昆虫就已经学会了建筑自己的家园，并安居乐业了。它们取食和授粉的对象是结球果的木质植物，即裸子植物，其中包括蕨类植物、苏铁和针叶树等。

从生物的生存规律分析植物与动物出现的依赖关系，一般推导出植物必须先于动物进化成功，因为动物生活所需的食物基本由植物保障。动物只有具备了生存的首要条件，才能进一步促进自己的发展演化。这种观点是以人类社会为依据的，可是蜜蜂和花朵的情况并非如此，至少在远古时期，它们出现的先后顺序并不是这样的，有2.2亿年前的蜂巢为证。

哈乔维斯发现的蜂巢化石处于树干的浅层空洞中，树干的节空就是蜜蜂进出的通道，每个巢中藏有15个至30个巢室，犹如一个小瓶子，每个巢室都有一个细小的孔，通向较宽敞的小室中。巢室壁可能是用树木本身的树液和树脂建造，虽然历经两亿多年，但棱角分明，完好如初。

经比对，哈乔维斯发现的蜂巢与现在蜂巢的形状和大小非常接近，但是在化石蜂巢的所有巢室中，均未发现花粉的痕迹，因为那时开花植物尚未出现。生物考古界公认最早的花朵，是一块拇指大小的植物化石，这株植物生活在1.2亿年前。经耶鲁大学的植物学家鉴定，它是一株香草植物，只有2.54厘米高，很像胡椒，在它之后，才有被子植物进化出烂漫花朵，以花蜜吸引昆虫、飞鸟和蝙蝠，把花粉从一棵植物传播到另一棵植物的花蕊上。

说蜜蜂早于花朵存在，似乎让人有点儿难以接受。但著名古植物学家汤姆·泰勒博士一直坚信，早期的蜜蜂依赖被子植物存活。他可以想象出蜜蜂生活在蕨类植物、针叶树和苏铁等古老的裸子植物构成的绿色世界中求生的情形，这些植物在三叠纪占据了地球植物的统治地位。

汤姆·泰勒博士还表示，在哈乔维斯发现的蜂巢化石上，要是还有蜜蜂或黄蜂的遗骸就更好了，那样就形成了一条完整的证据链。

# 新西兰纸币上的“蓝瘦香菇”

□文/史　峰

还记得一位失恋小伙“蓝瘦香菇”的苦难模样表情包吗？图片上，他那张苦脸被处理到了一株蓝色小蘑菇的伞盖上，让这种小蘑菇着实火了一把。菌界真有这么可爱的蓝色小蘑菇吗？答案是：有的。

19世纪50年代，德国地质学家冯·霍赫施泰周游世界，进行环球科考。他不但地质学学得好，在植物学研究方面也有不俗的表现。在环球科考进程中，霍赫施泰走进了神秘的新西兰，偶然发现了像蓝精灵一样的小蘑菇，他赶紧拿起纸笔，给这种可爱的小蘑菇画了像。霍赫施泰感觉自己对菌种分类不太擅长，于是就把蘑菇画像转寄给了当时奥地利菌物学专家欧文·赖夏特。赖夏特对着画像琢磨了一番，把霍赫施泰发现的这种可爱的小蘑菇分到了丝膜菌属一类，然后给予学名霍氏丝膜菌，于1866年公布于众。

霍氏丝膜菌被发现后，仍旧默默地在新西兰的林间繁衍。一百年之后，新西兰本土菌物学家史蒂文森，对先贤们制定的菌物分类进行了修订。经过仔细辨认，史蒂文森感觉赖夏特将霍氏丝膜菌归属为丝膜菌属不恰当，按照这种菌的外在形态，将之归为粉褶菌属更恰当，因为这种菌类的伞盖下面是褶形形态，褶内孢子呈现淡粉色。史蒂文森最终决定把霍氏丝膜菌移出丝膜菌属，归入粉褶菌属，重新将之命名为霍氏粉褶菌。

霍氏丝膜菌更名为霍氏粉褶菌后，按说可以办一张长期有效的菌类“身份证”，从此名正言顺地过日子了。可是在1976年，菌物分类学的泰斗霍拉克认为，这种蓝蘑菇和产于日本的绿果蘑菇是同一种菌类，不必再重新命名，于是把霍氏粉褶菌的名称给取消了，然后用绿果蘑菇来称呼霍氏粉褶菌。

但是，大师也是会犯错误的，霍拉克难道没仔细看看，日本的绿果蘑菇是“绿”的，而新西兰的蘑菇是“蓝”的吗？这也太粗心了吧。

霍拉克大笔一挥，取消了新西兰霍氏粉褶菌命名，这引起了日本菌物学家次雄的不满。他本着“爱自家蘑菇”的高度热情，经过深入研究，认为霍氏粉褶菌是可靠的独立菌种，不能和日本的绿果蘑菇混为一谈。在他的坚持下，霍氏粉褶菌的名字得以恢复。

霍氏粉褶菌的名称最终得以确认固定，但是搞怪的中国网民又拿霍氏粉褶菌开涮，给它取名为“蓝瘦香菇”。不过这次开涮，倒没有让霍氏粉褶菌受什么委屈，反倒让它蹿成了新网红，走进了中国人的视野。如果没有“蓝瘦香菇”这一说法，很少会有中国人知道世界上还有这么一个小可爱。

通过“蓝瘦香菇”的普及，人们对霍氏粉褶菌有了更深入的认识：它的确是蓝色的，也挺瘦小；来自新西兰，印度、南美偶见其踪影；毒性不详，反正没人忍心吃这种小可爱；提取物可以用于制造化妆品，也可以当作食物是否变质的指示剂。

新西兰人很中意这种可爱的小蘑菇，甚至把它印到了纸币上。除了人类喜欢霍氏粉褶菌，新西兰水鸟垂耳鸦也挺喜欢霍氏粉褶菌。垂耳鸦经常把霍氏粉褶菌当成自己的“恋人”，用脖颈蹭人家，结果把自己的脖颈也染成了蓝色，就像和霍氏粉褶菌穿了情侣装一样。

对了，霍氏粉褶菌不是被印到钞票上了吗，垂耳鸦也跟着沾光，抢镜上了钞票。印有霍氏粉褶菌和垂耳鸦的钞票，充满自然气息，还要参加2017年的国际年度最佳纸币评选呢！

# 给一只狒狒发工资

□文/书　芸

19世纪初，在南非开普敦的伊丽莎白港火车站，有一名信号员名叫詹姆斯·怀德。因为工作时怀德总在轨道中间蹦来蹦去，大家给他取了个绰号叫“跳跳人”。不料有一天，工作中的怀德发生了意外，非常不幸地失去了双腿。

残疾的怀德不想失去这份工作，他决定让宠物——一只名叫杰克的狒狒，来协助自己完成铁路信号灯的操作。上班的时候，怀德就让杰克帮自己推着轮椅，并且监督它正确地操作铁路信号灯。让人惊讶的是，杰克不但能辅助怀德完成每天的信号工作，而且从来没有出过一丝差错。

开始的时候，很少有人注意到他们，怀德也纯属自作主张，没有请示过任何人。渐渐地，有人发现居然是一只狒狒在操作铁路信号灯，一个居民就将此事报告给了当地铁路局。

铁路局接到报告后，决定让主管部门测试一下杰克能否独立完成布置工作。第一次测试，他们派杰克独自看管煤场的钥匙。经过一个月的试用，杰克管理煤场的钥匙从来没有出过差错，实践证明杰克是一名优秀的员工。铁路局认为杰克完全有资格担任更加重要的工作，于是又派杰克负责火车站的园艺工作，它同样非常出色地完成了任务。

经过一番深思熟虑，铁路局决定聘请杰克为正式信号员，日薪是20美分，每周还可以得到半瓶啤酒。随着杰克对工作越来越熟练，怀德尝试着让它独自操作火车站的信号灯。杰克像怀德一样熟悉每个杠杆的名字，它的脑袋里似乎有一台精密的仪器在准确运行，每当火车到达车站时，它都能准确地将杠杆推到合适的位置。虽然杰克的工作是在怀德的监督下进行的，但它对信号工作的每个环节早已烂熟于心，而且是个热爱工作的好员工。

就这样，杰克在火车站一直工作了9年，没有出过任何差错，杰克因为这种不寻常的特殊本领而受到大家的欢迎，也让所有见证了它精准操作铁路信号灯的人感到震惊。当地的人们对杰克的工作能力非常信任，也认为它理应拿到属于自己的那份工资。

后来，一名外地女士坐火车路过此地，无意中发现居然是一只狒狒在管理铁路信号灯，义愤填膺的她立即向上级铁路部门投诉，要求严查此事。于是，上级铁路部门通知当地铁路局立即解雇了怀德和杰克。失去工作的怀德，生活很快变得入不敷出，他开始不断地向上级铁路部门写信，恳求他们对杰克的工作能力进行再一次测试。

最初，怀德的申诉信被工作人员置之不理，在他们看来，一只狒狒根本不可能完成一名信号员的工作。一直等不到消息的怀德，只好带着杰克前往上级铁路部门上访。在那里，系统经理亲自测试并验证了杰克在操作信号灯上的精确性，不得不承认杰克的确有能力独自完成信号灯操作，是一只具备严格执行力的狒狒。

经过一番波折之后，杰克的工作能力完全得到了大家的认可和支持，杰克和怀德又被铁路局重新雇佣。从那天开始，这只狒狒就被人们亲切地称为信号员“杰克”，每月按时领取一份属于自己的薪水。

1890年，杰克因为肺结核去世，它的头骨被收藏于格雷厄姆斯敦的奥尔巴尼博物馆。杰克也成为历史上唯一一只为铁路部门工作过的狒狒。

# 压力造就智力

□文/蒋骁飞

动物学家曾做过一个实验：在一块厚木板的数个小孔里放置几条毛毛虫，并在小孔上面盖上透明的玻璃，然后让南方山雀和阿拉斯加山雀分别取食。结果表明，南方山雀总是对玻璃啄个不停，无法得到食物；但阿拉斯加山雀发现无法直接取食后，便推开了玻璃，饱食一餐。

为什么同是山雀，南方山雀和阿拉斯加山雀的智力却存在如此大的差别？科学家的解释是：南方山雀的生活环境优越，那儿植被丰富，食物充沛，获得食物对它们来说不是一件难事。但对阿拉斯加山雀来说，填饱肚子绝非易事。阿拉斯加山区气候寒冷干燥，植被稀少，食物缺乏，阿拉斯加山雀想要吃饱，需要付出很大的努力。有时候，它们需要在深达数米的积雪里寻找植物的种子，甚至花费很长时间才能在岩缝中找到一条果腹的小虫。正是如此恶劣的生存环境，造就了阿拉斯加山雀非凡的觅食技能和生存智慧。

科学家进一步研究表明，不同地区的相同动物，其智力水平也可能存在很大差别。有动物学家对生活在非洲大草原奥兰治河两岸的羚羊群进行研究，发现东岸羚羊群的智力水平比西岸羚羊群的高，这让动物学家百思不得其解：羚羊属类相同，饲料来源也一样，是什么原因导致两岸的羚羊群在智力上出现如此巨大的差异呢？

后来，经过研究表明，东岸的羚羊群之所以聪明，是因为在它们附近生活着一支狼群，羚羊们时时刻刻都生活在警觉和危机之中，自然养成了较强的应变能力；而西岸的羚羊群正是缺少这么一群天敌，天下太平，毫无压力，它们的智力也就退化了。

特别有趣的是，科学家发现，雄性动物在求偶期的智商普遍比平时要高，它们为了获得异性的青睐，或为了打败竞争对手，除了武斗之外，还需要智取。与智商较低的竞争者相比，聪明的雄性动物会得到更多求偶的机会。一名鸟类学家利用园丁鸟不喜欢在巢旁出现红色物体（它们比较喜欢蓝色）的特性进行测试，他将一个红色的大纽扣放在鸟巢旁，并用一个透明的盒子盖住，雄鸟必须掀开盒子才能弄走纽扣。在非求偶期，雄鸟要用50秒或更长的时间才能移走红色纽扣，有些雄鸟甚至会感到束手无策；但在求偶期，雄鸟平均仅用20秒就移走了讨厌的红色纽扣。

科学家解释，对动物来说，求偶是一件挺具有挑战性的事，这种压力最终激发了它们潜在的智力。

# 喵大人的光临

□文/胡不归

刚毕业那会儿，我和朋友结伴到一座陌生的城市工作。两个来自小地方的姑娘，初涉江湖，只能慎之又慎。我们白天各自奔赴工作，面对外面的纷繁，假装从容，以掩饰自己的稚嫩及外乡人的身份，只有晚上回到租来的小屋，关上门，才会卸下防备，抱团取暖。

我们的房子是在一条拥挤杂乱的商业街上面，在这里，房东通常都是一楼的商户，有开杂货铺的，有卖小吃的，有理发的，形形色色；而楼上，基本都是租客，早出晚归，关起门来各过各的日子。我和朋友住在最高层的小房间，除了房东上门收房租，平日里无人造访。我们最害怕的是两人说着说着突然安静下来，这时，空气马上就会被孤独填补，让人无处遁逃。直到，一只猫的到来。

喵大人是在一个秋风渐起的夜晚光临寒舍的。那天，我们同往常一样，关着门，各自躺在床上准备睡觉，不知从什么时候起，断断续续地听到了门口有猫的叫声。我悄悄拉开门，突然一只猫蹿到了我脚边，我警惕地看了看四周，没看到人，难道是它自己找上门的？

我们蹲下来围住它，这是一只很高冷的三花猫，腿长身圆，在猫界算是标准身材了吧。它竟然无视我们的观察，挺起尾巴，在屋里四处巡视，这边闻闻，那边嗅嗅，仿佛比我们还熟悉这个房子，绕了一圈才回到我们身边，一脸无辜地对我们叫着，那眼神倒像是在质问我们两个为什么会住在它的家里。

“喵大人，没事就可以走了。”为避免多事，我们还是开了门示意它出去。它竖起尾巴，突然变得有些紧张，抬起胖乎乎的脑袋对着我们叫，仿佛受了天大的委屈。“该不会是饿了吧？”我掰了些面包放到地上，它马上奔过来，屈着两只前腿，认真地吃起来，优哉地左右摇摆着它的尾巴。朋友叹口气，说道：“都说猫来穷，狗来富呢。”尽管如此，我们还是耐心地等它吃饱喝足，舔干净了毛，才请它出去。

第二天早上开门的时候，我看到那只猫竟然蜷缩着睡在门口，朋友见了不禁感叹：“昨晚，这家伙估计守了我们一夜呢！”丝丝秋风穿堂而过，猫咪趴在地板上朝着我们慵懒地叫了两声，听着让人有点心疼。我们放了些面包和水在门口，又各自投身到这个陌生的城市中。

晚上下班回来，我拖着沉重的脚步爬到六楼，头顶突然划过一声尖锐的猫叫，吓得我一个趔趄，扶住楼梯往上一看，一只圆圆的猫从七楼探出头来，朝我尖声叫着，好像抱怨我的晚归。“喵大人，您怎么还没走啊？”我上去开了门，它动作敏捷地先跳进了屋，随后转身冲我叫，许是又饿了，不过这家伙的脾气倒是不小。我只得煮了面条跟它一起吃，朋友回来见状，哭笑不得。

吃饱后，喵大人又赖着不走，缠着我们卖萌，用它的肥脑袋来回蹭我们的脚，好像从不着急回家的样子，但它看着不像流浪猫，反而像是富养的宠物，毛很干净，可是为什么在我们这待了两天还没有人来找它呢？我们试图从它身上找到答案，但还是不得其解。所以，准备睡觉时，我们还是把它关在了门外。

接下来的几天，喵大人每天都上演相同的戏码，早上堵在门口等我们起床，晚上就在七楼等我们回家，吃饱喝足，逗我们玩，然后在屋里找个地方自己睡觉，俨然成了这里的主人。我们虽然对它疑虑重重，不知道它从哪里来，有何目的，但还是渐渐接受了它。

直到周五晚上，我走到六楼的时候，没有像往常一样见到它探出脑袋。“喵大人？”我又在附近找了一圈也没找着它，那天晚上一直没有听到它的叫声。我和朋友兴味索然地躺在各自的床上，家里的空气突然安静了下来。睡觉时，我们刻意注意门外的动静，可除了彼此的呼吸声，什么也没听到。

习惯大概是人类最大的感情支柱吧，原来我们已经习惯每天为喵大人开门，同它玩耍，在它身上找寻这个城市温暖的蛛丝马迹，当有一天突然听不到它的声音，才会感觉生活里少了些什么。我们又回到了从前，一回家就关上门，与这个城市的一切隔绝。

直到星期天晚上，门外又响起了猫叫声，我从床上跳起来，跑去开门，喵大人竖着尾巴，歪着脑袋，冲我叫，一如初见。我激动地抱起它，感受它身上久违的温暖。后来，我们渐渐发现每到周五晚上，它就会神秘失踪，周日晚上又干干净净地回来，如此重复几周后，我们猜想，它的主人或许工作很忙，只有周末才有时间照看它。

于是，我们养成了等喵大人光临的习惯，只要猫叫声一起，我们就会毫不迟疑地去开门，任它进来蹭吃蹭喝。至于，它为什么会来到我们这里，它的主人是谁，为什么放任它乱跑，这些我们都无从知晓，也没有必要追究，我们只知道，有猫的日子，很温暖、很开心。

陌生，始终是一个城市的常态，这里的人每天各行其道，互不干扰。但是，喵大人的到来，让我们对这里渐渐不那么敏感，也不用时时刻刻戒备着。勇敢地打开门，在陌生的世界里，也许会碰上一份长情的陪伴，与你度过孤寂的岁月。

# 迎着太阳，赶紧热身

□文/张云广

俗话说，万物生长靠太阳。这万物不仅囊括了所有可以进行光合作用的植物，还涵盖了不少直接利用太阳能的动物。

清晨，一条响尾蛇待在地上一动不动，任凭诱人可口的猎物一个个地从自己身边经过，也不为所动。原来，它集中精力只为办好一件事——收集热量。这些来自太阳的能量可以给它原本冰冷的身体带来行动的活力，为接下来的捕猎行动提供动能上的支持。

英国野外摄影师李·达尔顿曾经在佛罗里达州拍摄到两百多只短吻鳄在湖边晒太阳的景象，场面甚为壮观。据英国《每日邮报》报道，美国一名男子在佛罗里达州的珊瑚角发现过一只正在树上晒太阳的短吻鳄。研究人员指出，当短吻鳄无法从地面低处获得足够的阳光时，就会选择“缘木求光”了。

在清晨时分，短吻鳄们要做的第一件事就是迎着阳光赶紧热身。此时，这种曾与恐龙同时代生活的天才杀手视力仍处于模糊状态，几乎完全看不清远处的物体，其全身的肌肉反应也会变得很迟钝，是全然不适合捕食猎物的。

然而，随着鳄鱼的鳞甲持续获取太阳能，鳄鱼的体温开始逐步提升，待体温上升到27℃以上，它就恢复了视力和身体的灵敏度，攻击能力也会随之大增。晒太阳不仅能帮助它在水中优雅从容地游动，还能在较的短距离内从静止状态提升到四五十千米的运动时速。

若论远程迁徙能力，美洲的黑脉金斑蝶在蝴蝶家族中是当之无愧的冠军。每年的八月至初霜时节，轻盈而瘦小的黑脉金斑蝶就会开始从北美加拿大向南迁徙，一直飞到南美墨西哥的中部。一路辗转，旅程可以达到四千八百多千米，令人叹为观止。

然而，黑脉金斑蝶要想顺畅地起飞，还必须有适宜的体温作为保障。32℃是这些小精灵们最佳的起飞体温，因此，能否把太阳能转化为体温，是黑脉金斑蝶能否实现长途飞翔的关键。

黑脉金斑蝶当然有自己的办法。它们的翅膀上分布着大量的鳞片，这些鳞片可以根据需要，朝向不同方向，从而实现对太阳能吸入量的有效调节和控制。与此同时，这些微小的鳞片还能够敏锐地捕获十分微弱的阳光，能够利用到达翅膀热量的96%，这些被高效获取的热量会传导到蝴蝶的肌肉组织中，成就这些小精灵们接下来的“一去千万里”。

其实，对于地球上的生命而言，其所有的日常活动都离不开太阳无偿提供的能量，只不过响尾蛇、短吻鳄和黑脉金斑蝶等动物对太阳能有些依赖过度罢了。

# 失落的桃花泪

□文/江泽涵

桃花，也会流泪吗?

是的，而且泪期漫漫，从立秋起至霜降。但这泪并非落由花蕊，而是渗自枝干表皮，乃一树精华。它的一众名号也各携意味，惯名有“桃浆”和“桃油”，因油中脂肪满满，也称“桃脂”，而油脂终将凝结呈胶状，故又有“桃凝”和“桃胶”的叫法。“桃花泪”算得上美称了，只是可能有些许不地道，应该是今人所造，由来生动：八月里，桃子被摘光了，桃树哭了。

这原是一道生物题。桃树落子前后最容易被真菌感染，流油是自我疗愈之举。自然奇观一经科学解密，也就没什么神妙可言了。然而，生命总是多情的，生活本就该多些美的比拟。

萧王庙的桃花基地数里延绵，已形成一种地方文化。年年桃花节，人们竞相来访，连为了防虫咬而包裹桃子的活计也设了比赛。世人皆知桃树开花结果的辉煌，却总忽略桃落韶光。我的阿姨拥有大片桃林，我小时候也钻过，可从不挑这个时段，当然也完全没那个心眼。

我第一次知道桃胶，是在多年前的晚夏。我在网上见着一道名为“桃花冻”的甜品，起先以为是银耳粥。它制法简要，只需将桃胶泡洗后，置于清水中长炖即可。我每每心有所念，就会馋痨，可一直被杂事牵绊，又不愿去打扰阿姨，那日通微信，正巧说到这事儿。她说，她奶奶曾做过桃花冻，一两桃胶能化一大碗，加点糖，那味道能让人惊喜。

阿姨给我快递了一斤鲜桃胶，淡棕色的泪珠丸柔软而不失弹性，散发着一股淡薄的树浆味，听说这是桃树根断时所迸发出的气味。我洗尽杂质，在电饭煲中滚开，保温一夜。翌晨，我也未闻见什么飘香，舀一碗来尝，味道类同银耳，却另有一番清润生津。

和妈妈说起桃花冻，她一点儿印象也没有了。我说："你们五兄妹是同一个奶奶在同一个屋檐下带大的，都给了他们吃，不给你吃吗？"或许，真的是时间过去太久太久了。

时近寒露，我终于忍不住走了一趟乡下。青山碧田赏心悦目，流经沟渠的潺涓也同样动人。这里的风没有汽车尾气染指，多了些本源的芬芳；这里的风没有高楼的阻碍，流动感也明显强多了。桃叶尚未规模化地飘零，干枝上都附着一颗颗硕大的泪疙瘩，许是天冷之故，质地已硬化，浅黄也进为暗棕，品相实在不敢恭维，却货真价实。

桃树因材质脆弱，容易被风侵袭，天生低矮，在百树中怕是难有出其右的，有些连树干也没有，就似平地开了杈，甚至要特地在长势霸道的枝杈旁打个桩子，一同缚住稳固。包桃子和摘桃子基本是农妇半蹲半跪着完成的。每年，我都会收到阿姨捎来的鲜桃，却从未意识到她要这般辛苦。

临近一株桃树，晶莹的泪一滴一滴汩流，仿佛在诉说着满腹的心事，树与树之间结了几条丝线，我不愿绕回头路，一剪刀断了。一回身，又见一只集白青、乳黄和淡橙于一体的彩虫，正扭动着软绵的身子。"当心！这东西叫'青辣'，被它背上的刺扎了，就有的苦头吃了。"阿姨提醒我。如此鲜艳的虫子，居然这般毒辣。可我没有生出一丝的惊悚或厌恶，反而有着无比的庆幸和轻愉。

天边不远，没什么斜阳，风中也有些寒凉。我直了直腰，静静凝视着掌中的这把桃花泪。它多年的失落，不敢说什么乡村文化陨落的冠冕之语，但我辈奔走于都市，屡屡与自然文化失之交臂，的确错过了很多美好的东西。

# 爸爸的大雁朋友

□文/孙开元/编译

说起加拿大雁，有些人或许会抱怨它们脏、会传播疾病、繁殖太快，但是对于我爸爸来说，大雁是一种神奇的鸟儿。爸爸在格林伍德市长大，每当夜里听到大雁拍打着翅膀从天空中飞过的声音，他就会从床上跳起来，跑到窗户边，看着一道黑色流光在夜空中划过。在春天的早晨，他在农场里挤牛奶时，看到一群大雁从南方飞向北方，他会停下手里的活计，倾听它们的叫声。

爸爸成年后搬到了温尼伯市，在一家商店工作了三十年。他每天早上穿过一座桥去店里时，都不忘寻找大雁的踪影。秋天时，他踩着地上五彩的落叶回到家，叹了口气，说："我看到它们飞走了，也许有五十只。它们知道冬天要来了，所以不在这儿待着了。"

在九月和十月的几个星期，天空中时不时就会传来雁群刺耳的叫声，在紫红色的夕阳映衬下，会让人觉得秋天的萧瑟。在冬天来临之后漫长的六个月，人们拿出沉重的大衣和靴子，抵御严寒和暴风雪。这时，看不到大雁，也会让人有种失落感。

爸爸对大雁有着"特殊"的情结，他把一本过期的大雁日历一直挂在厨房。爸爸对我们说："看，这是一只黑雁，这是一只白额雁，那是一只阿留申白颊雁，你们不要弄混了。"

"爸爸，你可以在后院挖个池塘，然后在地上放一些吃食，请大雁来咱们家作客。"我和两个哥哥打趣道。

"随你们笑话，"爸爸说，"我退休后，我们可以在湖边搭个小棚栏，大雁飞过时可以落下来吃些玉米粒，喝点儿水，然后再接着飞。”

然而，妈妈更喜欢城市生活，她唯一一次与大雁近距离接触，是做了一次烤雁肉。妈妈去世后，爸爸不愿意离开他们一起建造的房子，湖边款待大雁的愿望也就没能实现。

二十多年前，我们兄妹三人离开了温尼伯市，在别处定居。我们每年都会给爸爸寄去关于加拿大雁和同种鸟类方面的生日贺卡或书籍，他每次都会兴致勃勃地欣赏。爸爸一直不辞劳苦地观察大雁的飞行队形、筑巢习惯和它们在世界各地的栖息地。“有些大雁最远甚至会迁徙到格陵兰岛！”爸爸告诉我们。

一年秋天，我回家看望爸爸，在他开车带我回机场的路上，忽然惊讶地看着天空，说：“看那些怪雁，他们为什么向北飞？他们在这个季节应该向南飞的。”

爸爸的视力衰退了，我们的车在马路上左拐右拐，险些和一辆卡车相撞。我告诉爸爸，他看到的“大雁”其实是一架飞机，正拖着广告在天上飞。

那是我和爸爸最后一次一起坐车。又过了一年，我去温尼伯市办事，坐飞机回多伦多之前，有几个小时的空闲时间。我租了一辆汽车，开车去了墓地，碧蓝的天空映衬着金黄和深红的树叶。自从爸爸的葬礼过后，我还没去过墓地，但我知道他墓地的分区和号码，所以我想我应该不难找到他的墓地。

但是不知怎么的，我走错了墓地分区。我换了一条路，绕来绕去，结果又回到了原地。

我左看右看，就是找不到爸爸的墓。那天是一个星期日，墓地管理员没上班，四周也看不到墓地工人。我还要赶时间去机场，所以很着急。我绝望了，跑到路边，捂着脸哭了起来。

只过了片刻时间，我听到附近传来一阵奇怪的鼻吸声。我睁开眼，看到旁边的一小片沼泽里落了一群黑头鸟儿，深棕色的翅膀、浅棕色的肚皮。它们的喙在草丛里啄着食，黑色的短尾巴扭来扭去。更多的鸟儿从天而降，落在了我车子的周围，它们鸣叫着，伸展着巨大的翅膀。

那是爸爸的大雁。墓地是它们飞行途中的落脚地，它们在这里可以安全地休息、觅食、喝水，然后继续飞往墨西哥湾的漫长之旅。看着眼前的大雁，我破涕为笑。我相信，虽然我看不到爸爸，但他就在旁边，他会喜欢看到大雁光临作客的奇妙景象。

我耐心地等待着，看着这群大雁觅食、嬉戏。然后，我发动了汽车，小心地掉转了车头。几只大雁好奇地睁着犀利的黑眼珠盯着我，慢慢挪动了身子，给我让开了道路。

“我会回来的，爸爸，”我说，“明年春天我就回来看您。”说完，我开车离开了墓地。我相信，爸爸正站在他钟爱的群雁中间，微笑着向我挥手告别。

# 雨林里的僵尸蚂蚁

□文/冉　浩

在泰国的热带雨林里，一只列罗氏弓背蚁在不同植物的叶子上来回游荡，它脱离了群体，单独行动，看起来孤苦伶仃。它很痛苦，身体甚至在不时地抽搐着，或者从叶子上掉落。但是，它依然巡游着，漫无目的，又不知疲倦。最后，它咬住一片树叶，悬挂在那里，一动不动。不知过了多久，从它头后的脖颈处，慢慢伸出了一根长枝，那是真菌的子实体，里面充满了孢子。这些孢子将随风飘散，扩散到远方……而那只蚂蚁，则在活着的时候就已经失去了意识，它的行动，只为让真菌可以从高处释放自己的后代，那时，它已经是一具活“僵尸”了。

这种让人有些发怵的真菌，属于一个特殊的门类——线虫草，这是一类专门感染昆虫的真菌。我们在全世界范围内大约已经知道了几十种线虫草专门感染蚂蚁，其中，已知有26种线虫草能够制造“僵尸蚂蚁”。

探讨这些真菌如何支配僵尸蚂蚁，是一件非常有趣的事情。尽管其机理尚不完全清楚，但毫无疑问的是，寄生物并没有接管宿主的神经系统——那需要足够细致、复杂的神经改造技术，对于这些结构简单的寄生物而言，是不可能完成的任务，更何况线虫草并没有神经这种高端的结构。我们可以观察到，这些真菌细胞嵌入了蚂蚁的全身，围绕着蚂蚁的肌肉组织和脑组织，它们将一部分肌肉分解，但并没有破坏蚂蚁的脑组织。它们所能做的，很可能是影响宿主的中枢神经，诱发它做出相应的指令。

这意味着，线虫草必须产生某些物质，并最终能影响蚂蚁神经或肌肉细胞的基因表达，使它产生某种具有倾向性的行为，如在植物之间游荡。巡游是蚂蚁本身就具有的行为，只是被真菌在特定场合下激发了出来，包括咬住某个物体也是蚂蚁本身就具有的行为。然而，真菌显然能够把握时机，也许它们能够感知高度变化，抑或是其他变化，从而调整物质的释放量。

研究显示，蚂蚁自身的生物节律被打乱，而表现出一种新的节律性，甚至可以说，是同一性。如被感染的列罗氏弓背蚁在中午活动、咬叶，而在傍晚时分彻底死亡，在时间上，所有的感染个体几乎是整齐划一的。实验结果显示，被某种线虫草感染的列罗氏弓背蚁会在清晨咬叶，到下午早些时候死亡，在时间上也比较统一。这些行为的出现，很可能与温度有关，并且可能与真菌的细胞周期有关。或者说，真菌能够在不同的时间产生不同的物质或者调整产量。另外，真菌干扰宿主的生物节律，可以弱化宿主身体的抵抗力，从而使它们更容易击败宿主的防御系统。

线虫草和蚂蚁之间的故事可以追溯到相当久远的年代。目前，我们已经有了一点化石证据的支持——曾有报道称，在4800万年前的叶子化石上发现了疑似被感染蚂蚁咬痕的痕迹。由此可以推测，蚂蚁和线虫草之间的纠葛可能已有1亿年的历史了。

如果寄主与寄生物已经互相纠缠了如此之久，那么双方之间多半会发生矛与盾的故事。事实也是如此。蚂蚁，作为典型的社会性生物，在这方面面临更大的威胁——一只工蚁很可能将寄生物带回巢穴，并且殃及整个族群。而当它变成僵尸离家出走的时候，死亡地点仍然十分靠近自己的巢穴。然而大多数情况下，整个巢穴并没有因此彻底覆灭。如果考虑真菌的繁殖能力，真正被感染的蚂蚁仍然是少数。蚂蚁们通过减少不必要的外出、及时丢弃同伴的尸体等行为减少了被感染的概率。而在雨林中，还有其他寄生物会破坏线虫草，使它们即使成功感染，最终产生孢子的成功率仍会降至10%以下。

由此可见，尽管线虫草演化出了让人惊奇的生存策略，仍然被同样接受自然选择的宿主、其他生物所制约，且彼此之间达成了一种微妙的平衡状态。每一个物种都被限定在了一个区域内，不至于过度膨胀，也不会被轻易消灭。这大概就是生态平衡的真谛吧。

# 胡椒是个吉祥物

□文/姚秦川

在大众的印象中，胡椒只是一种普通到不能再普通的调味品，在许多时候，有它和没有它都不影响食物的口感。不过，绝大多数人可能不知道，在中世纪甚至更早之前的西方国家，拥有胡椒不仅是一种身份的象征，它还被作为货币使用，甚至成功地保护了一座城不被敌人摧毁，让全城人转危为安。

公元5世纪，西罗马城是远近闻名种植胡椒的大国，他们种植的胡椒不但色泽出众，而且口感极佳，胡椒为西罗马城居民带来了极高的荣誉。不过树大招风，他们的财富被早已眼红的哥特人盯住。

一天深夜，哥特人趁着西罗马城居民不备，将其重重包围，并且将食物与水的补给路径全部切断，以至全城处于无水无食的困境之中。当时，哥特人随时可能会长驱直入攻破西罗马城，全城居民都沉浸在一片悲伤和恐惧之中。

就在西罗马城国王思忖破敌之策时，不承想，哥特人的首领竟然主动向他们提出了一个交换条件："我们什么也不要，就要你们囤积在仓库里的胡椒。"由此可见，哥特人早就对那些胡椒垂涎三尺，首领还表示："如果国王能交出这些胡椒作为交换条件，那么我们就立即撤退。用胡椒来换取一座城内所有的性命，同时也保护了一座城的安危，应该是非常划算的一件事情。"说完，哥特人的首领下令让手下的士兵做好攻城的准备。

对方的话音刚落，西罗马城所有居民的目光就投向了一直愁眉紧锁的国王。这位做事一贯雷厉风行、对子民关爱有加的汉子，此时竟然变得犹豫不决、举棋不定了，他颤抖的嘴唇竟然半天说不出一句话。终于，国王含泪道：“我答应你的要求，但是你要保证不能伤害我城中的子民。”

随即，国王命令手下打开堆满胡椒的仓库，当哥特人将那一袋袋的胡椒往外搬运时，全城的居民一片沉寂，大家都敢怒而不敢言。最终，当所有胡椒都被敌人运走之后，国王这才缓缓地摊开了手掌，里面竟然紧紧地攥着一粒胡椒。此时此刻，国王再也承受不住因为失去胡椒而带来的悲伤，放声痛哭起来。当时，全城人也跟着一片恸哭，大家实在不忍心看着自己亲手种植的胡椒被强盗轻易地夺去。不过，用胡椒成功保护了一座城的安全，并保全了全城民众的性命，这件事被永远地载入了西罗马城的历史，而他们也将胡椒视为了该国的吉祥物。

随着时间的不断发展，到了中世纪，胡椒的身份又被赋予了另一重意义，它被时髦的女性当成一种饰物佩戴在身上。如果在一场属于上流社会的晚宴上，淑女们伴随着音乐翩翩起舞，她们的礼服繁复精美，内行人一眼就能判断是哪位巧手裁缝的作品。在烛光下熠熠生辉的，还有她们价值连城的耳坠与项链，多彩宝石的筛选和巧夺天工的镶嵌，比她们的脸更明媚、更醉人。然而，女主人没有奢华的宝石，可只要她在耳畔挂上一粒“黑色黄金”——胡椒，所有人都会将视线聚焦在女主人身上……由此看来，胡椒不仅能保护城市，还能成为女性时尚的象征。

随着社会的一步步发展，胡椒的地位也在一步步减弱。但不可否认的是，在相当长的一段时间里，胡椒以它独有的社会地位，让许多人为之膜拜和倾倒。那时，你可以什么都没有，但就是不能没有胡椒。

# 人类起源于一条鱼

□文/李方恩

有着中国“搞笑诺贝尔奖”之称的菠萝科学奖颁奖秉承着“向好奇心致敬”的一贯做法，以“想象力、有趣、引人思考”为标准，为多个有趣但又非常严谨的科学成果颁奖。第29届特别奖菠萝U奖颁给了一项古生物学的成就——澄江古生物化石研究，该项研究的宣传语是：澄江小虫虫，你的小祖宗。

澄江古生物化石在业内大名鼎鼎，位于我国云南省玉溪市澄江市帽天山附近，距今约5.3亿年，是世界范围内保存非常完好的寒武纪古生物化石群，共16个门类，两百多个古生物化石。科学家在其中发现了大量奇特且完整的古生物，这一发现为地球生命的“寒武纪大爆发”观点提供了坚实的证据。而在2012年7月1日的世界遗产委员会第36届会议上，澄江古生物化石群被正式列入《世界遗产名录》，成为中国第一个化石类世界遗产。

在这些“小虫虫”中，最为人们所知的就是昆明鱼，它的发现者是中国科学院院士、古生物学家舒德干。昆明鱼化石是目前发现的最早产生脊索的动物。有了脊索，接下来动物就可以进化出脊椎，而脊椎对动物来说意义非凡。那么，脊索对于昆明鱼来说更是如此：首先，有了脊索，昆明鱼在5.3亿年前寒武纪的海洋中就可以拥有更多生存的机会，昆明鱼体内的肌肉就能以它为基础呈之字形排列，这样可以让昆明鱼游得更快；其次，有了脊索，昆明鱼便可以进化出一件特殊的“武器”——颌。这个武器无论是对进食还是对防卫来说都非常重要；再次，有了脊索和以此为基础进化而来的脊椎，动物就可以进化出头骨和颅骨。有了颅骨的保护，感觉细胞和神经中枢才能安全地进化。最终，颅骨里面的神经细胞越来越多，形成神经节，众多的神经节最后发展成为一个终极成品——大脑。

在了解了昆明鱼的情况之后，有的科学家认为昆明鱼是当今人类的祖先。这是怎么回事呢？从生物学的系统分类来看，人的位置是这样的：动物界-脊索动物门-脊椎动物亚门-哺乳纲-真兽亚纲-灵长目-类人猿亚目-人科-人亚科-人属。也就是说，所有的脊椎动物都从属于脊索动物门。而按照目前的考古发掘来看，脊索动物是由昆明鱼进化而来的，所以我们不得不支持这个貌似非常荒唐的结论：人是由昆明鱼进化而来的。其实，这种说法是有科学道理的。众所周知，人类胚胎早期有一个阶段的形态与鱼非常相似，并且还有鳃裂。19世纪20年代，德国的解剖学家马丁·拉斯科发现，在鸟类和哺乳类动物的早期胚胎中曾经都出现过鳃裂。所以，人类起源于一条鱼并不是胡说八道，正是“因为所以，科学道理”啊。

值得一提的是，在目前的动物界之中，有一种动物和昆明鱼非常接近，那就是文昌鱼。脊索动物门中除了脊椎动物亚门之外，还有尾索动物亚门和头索动物亚门，头索动物亚门中只有一种动物，那就是文昌鱼。文昌鱼的大部分特征像无脊椎动物，而它的背部却有脊索。与其他门的动物不一样，文昌鱼一直没有进化，始终在“原地踏步”，这也使得它成为生物进化史中的“活化石”。

在了解到“小虫虫”的前因后果，尤其是昆明鱼的情况以后，你去澄江市看到“澄江小虫虫，你的小祖宗”这条标语一定不会感到懵圈，而是忍俊不禁了。

# 金鱼的记忆不止7秒

可别再说自己的记忆跟金鱼一样只有7秒，金鱼可不背这个锅。

# “资深配角”芫荽

□文/高腾腾

有些汉字，似乎生来就只能表达一种意思，比如芫荽。我曾经不知道“芫荽”两个字该怎么写，总以为那是乡下百姓对它的俗称罢了，“香菜”应该才是其大名吧。直到有一次，我翻《说文解字》，看到这样的介绍：“荽作荾，可以香口也，其茎柔叶细而根多须，绥绥然也。”

啊，芫荽！原来是这两个字，读出来之后，我顿觉口齿生香，再想想日常生活中它那碧绿模样，感觉这种植物真的像从《诗经》里刚走出来一样。

处暑时节，拆了丝瓜架，在院子的一小块空地上，婆婆撒了一些芫荽种子。那块地没几天就变了颜色，一层朦朦胧胧的绿。又过几天，芫荽已经有了半揸长，仔细看那些植株矮小的芫荽，其叶如扇，而扇又有花边，花边皆呈不规则状，一扇扇的小叶子虽不起眼，却也精致漂亮。

过些时日，我再回家，竟发现芫荽又长高了不少，其叶已渐成羽状，且又复生出其他叶子，有些层叠，长势非常旺盛。看着眼前生长的芫荽，我有些疑惑，这都已经初秋了，芫荽能挨到深秋吗？婆婆笑了，她说芫荽不怕冷，生长到冬天都没有问题。原来，芫荽是一种耐寒性极强的蔬菜，经霜之后反而更有味道。冬天下雪最冷的时候，用塑料布盖上，如果照顾得好，人们可以一直吃到过年。平时做好了饭菜后，婆婆就去割半把芫荽，洗洗切碎了撒上，星星点点之间，就能让整盘菜生动起来！

小时候，我对芫荽是深恶痛绝的，总觉得它有一股怪怪的味道，甚至只是看着芫荽，我都会胃里忍不住排山倒海。冬天每每喝羊汤，看着大人们碗里的芫荽，我总是很奇怪，这样的菜，他们究竟是怎么吃下去的？后来，随着年龄的增长，我竟然也喜欢上了吃芫荽。我很讶异自己胃口的变化，当年那么厌恶的，没想到今天却可以如此喜欢！

有位泰安的朋友，他说，每到过年，他们那里必吃芫荽豆腐馅的饺子。因为素馅寓意着素净平安，再者是因为芫荽有“延岁”、豆腐有“都富”的象征寓意，这无疑是除夕那天年夜饭最祥瑞的彩头。乡下日子或许没有大富大贵，但小小的芫荽却让村民们对朴素的生活寄予了无限期待。

传说，芫荽是二郎神的哮天犬死后皮毛长出的一种植物，其叶小且嫩，茎纤细，味郁香，是大家生活中比较熟悉的提味蔬菜，更是日常生活的汤菜中必不可少的点缀。

作为蔬菜，芫荽与葱、韭菜并重，却不能独挑大梁，只能充作配角，配合着别的蔬菜、浓汤、肉类上盘。从平凡的家常菜到珍贵的佳肴，芫荽从来都是以配角的身份出场，却也美丽得动人！因为不管搭配什么样的食物，芫荽总能为菜肴锦上添花，如祛除肉膻腥味，让汤类更清香！一小撮芫荽撒下去，还能表达出烹饪者的诚意。

这么多年，作为餐桌上的资深配角，芫荽从未想过要争宠翻身。对其味道，有人喜欢，有人厌弃，亦有很多人从厌弃反转到喜欢。经受得起赞美，也能面对诋毁，芫荽从不试图去做任何改变，既然做不到让人人都喜欢，那就简单地做好自己吧。

时光荏苒，不管美食如何演绎，不管烹饪怎么变迁，芫荽一出场，再普通的饭菜也能活色生香。清瘦风雅的芫荽，其实早就在千百年的俗世生活中修炼出自己独特的性情，和谁都不争，和谁争都不屑，因为活出自己的个性就是人生的主角。

# 学鹅走正步

□文/倚蓝桥

在阅兵仪式上，迈着正步行进的队伍极其雄壮威严。可令人想象不到的是，这么帅气的步伐竟是从鹅走路的姿势中学来的，实在让人忍俊不禁。

正步走的姿势是怎么发明的？这得从18世纪90年代的法兰西说起。

当时的法兰西第一共和国由拿破仑执政，军事实力如日中天，可谓“战无不胜，攻无不克”。按照惯例，胜仗之后要举行国庆大典，显耀军威，阅兵仪式自然必不可少。

参加仪式的军队共分为骑兵、炮兵、步兵三个方阵。打头阵的骑兵和炮兵在高头大马与钢铁炮车的映衬下显得格外威风，加上围观群众震耳欲聋的呐喊、欢呼，拿破仑也不禁心潮澎湃起来。而轮到步兵方阵压轴出场时，几百名士兵只是齐步走过检阅台，没什么浩大的声势，相比骑兵和炮兵就显得寒碜多了。现场气氛逐渐冷却，处在兴头上的拿破仑面露不悦之色，对步兵有形无神、毫无气势的表现大失所望。

阅兵仪式结束后，拿破仑召集麾下的将军，严厉训斥了一番，限令其设法让步兵方阵在来年的仪式上拿出气势。

将军们绞尽脑汁，始终不得其解。后来，在一次边境巡视中，他们忽然发现：有一种动物走起路来趾高气扬，显得非常气派，这种动物就是“曲项向天歌”的鹅。

鹅走路时昂首挺胸，且双脚不弯曲，给人一种精神振奋的感觉。这些法国将军从中得到启发，在队列训练中要求士兵们伸腿前行时绝不能

“迈”出去，而是要在膝盖不弯曲的前提下“踢”出去，尽量抬高腿部，再狠狠地用全部脚掌砸向地面，同时手臂大幅度地用力摆动。经过一段时间的刻苦训练，功夫不负有心人，步兵方队的精神面貌焕然一新，变得威风八面。

又到了一年阅兵时，骑兵和炮兵方阵依旧威武，但形式老旧、缺乏新意。当步兵方队踢着铿锵有力、步调一致的新式步伐通过检阅台时，拿破仑眼前一亮，为这种步伐的气势所感染，连连称赞。当他高兴地问这是一种什么步伐时，将军们齐声回答：“是‘鹅步’。”此后，阅兵踢“鹅步”逐渐演变为踢“正步”。随着拿破仑大军横扫欧洲，正步的概念也迅速传遍整个欧洲大陆。

尤其是普鲁士，更是将正步作为士兵列队训练的重点。后来，当正步在全世界传播开来时，很多人都认为这是普鲁士人的发明，却不知道，它最初是法国人的骄傲。

中国军队最早的正步步伐，是从苏联军队的队列条令中引进的。在具体的训练过程中，又根据军队的实际情况做出了较大幅度的修改。如苏联军队队列条令规定，在正步行进时，战士们的头要向上仰30°，手臂摆到与下巴同高，以充分体现自豪感；而我军强调“解放军是人民的子弟兵”，队列动作既要展现军队的气势，更要体现对人民的尊重，所以从建国初期开始，中国人民解放军的队列条令就规定：正步走时，头要正，两眼要平视，手臂要摆到胸前。

当中国军人踢着稳健又雄壮的正步，出现在阅兵式及各大欢庆典礼上时，整个世界的目光都为之吸引。国外媒体评价道：“中国军队的正步，已经超越了世界上所有仪仗队的，他们步调一致、分毫不差，展现了中华民族强大的精神风貌。”

# 聪明小鸟，打假有招

□文/张云广

《国风·召南·鹊巢》有云："维鹊有巢，维鸠居之。"后世遂有"鹊巢鸠占"的说法。

这里的"鹊"指喜鹊，"鸠"却并非是指斑鸠，而是指鸤鸠，即杜鹃。杜鹃是否曾经强占过天性机警、攻击力强的喜鹊的巢穴还有待考证，但前者常把自己的卵偷偷下到别的鸟巢里，让其他种类的鸟雀在毫不知情的情况下，为自己免费提供孵化和喂养后代的服务，已是广为人知的事实。

不少种类的杜鹃都是托卵营生的。比如，大杜鹃，其寄生对象就可达一百多种，大部分是比它体型小的莺类和雀类。澳洲杜鹃会把自己的卵下在扇尾鹟的巢穴中，尽管两种鸟蛋个头相差极大，但扇尾鹟竟不加辨识地就把杜鹃卵当作自己的卵来孵。直到小杜鹃破壳而出，趁"养母"外出觅食，把其尚未孵化的鸟卵或体弱力小的雏鸟踢出巢穴。

有别于扇尾鹟等鸟的"昏昧无知、遭人暗算"，也有一些较为聪慧的鸟雀在与杜鹃的长期斗争中修炼出了"打假"绝招。

黄尾刺嘴莺把巢穴建在树杈上，从上看，露天式的圆形鸟巢做工玲珑精致，宛若一个袖珍足球场。这"足球场"里空无一物，杜鹃也就懒得"光顾"。这黄尾刺嘴莺到底到哪里去了呢？原来，在圆形鸟巢的一侧，有一个小开口。顺着开口往里瞧去，竟然别有洞天，这里才是黄尾刺嘴莺真正的育雏之所。

与黄尾刺嘴莺的障眼法相比，非洲的一种黄腹小织巢鸟则另有良策。这些可爱的小精灵把鸟巢倒悬于大树上，并在巢的下端入口处又额外编织了一条筒状通道，通道设计得又细又长，仅容自己和同类通行，而瘦身乏术的杜鹃要想钻进去产卵则是件难事。

非洲的织巢鸟采取的是另外一种行之有效的对策。其做法是在巢中产下多种颜色或斑点的卵，让擅长模仿其他鸟鸟蛋外部特征以行欺骗术的杜鹃，一时间无法故技重施。这样，即使杜鹃在织巢鸟的巢中成功产卵，其卵也会被迅速辨识出来并驱逐出境。

蚋莺的“打假”则更接近于一种决绝而苦逼的模式。北美的燕八哥也是与杜鹃一样的托卵营生的“懒鸟”。尽管燕八哥与蚋莺的卵外壳斑点颇为相似，蚋莺仍然能够识别出来。从发现“假蛋”的那一刻起，蚋莺就开始了自己忙碌的节奏，一点点地把旧巢中的建筑材料撕扯下来，然后在别处重新筑巢。当然，那个被贴上假蛋标签的杜鹃卵也会很快被啄出旧巢，惨碎在地上。

或别出心裁使用障眼法以骗对骗，或编织专行通道阻隔觊觎者，或提高分辨率让“假货”无处遁形，或不辞劳苦果断地另建巢穴，面对杜鹃之流的无赖行为，愤怒而又聪明的小鸟打假有招！

# 螨虫告诉你祖先是谁

□文/林珊妮

蠕形螨，也就是俗称的“螨虫”，生存于包括人在内的几乎所有动物的皮肤上，是令人厌恶的寄生虫。不过，一项最新研究却发现了螨虫的“另类”价值——可供分析人类的迁移和进化史。

2015年12月，美国螨虫分子生物学家丹·弗格斯、加利福尼亚科学院博士米歇尔·特劳特温等几位科学家从70名志愿者脸上采集了螨虫样本，并对其线粒体DNA进行了测序分析。为了保证样本的多样性，他们挑选的志愿者分别来自欧洲、亚洲、非洲和拉丁美洲等不同区域的种族后裔。

分析结果表明，采集到的螨虫有四类不同的遗传谱系，弗格斯分别用A、B、C、D来命名。不同区域的人，螨虫种类分布的比例有所不同。其中，非洲裔和拉美裔志愿者的脸上四类螨虫都存在；亚裔志愿者脸上以B、D两类螨虫居多，唯独缺少C类螨虫；而欧洲裔志愿者的脸上只有D类螨虫。

这样的差异是如何出现的呢？科学家们分析，早在类人猿时期，螨虫就寄生在人类的毛囊和皮脂腺内。A、B、C、D四类螨虫跟随人类一起走出非洲，在漫长的迁徙途中，一些种类的螨虫不能适应人体皮肤环境的变化，因而被淘汰，其他种类的螨虫由于自身对环境的适应性不同，在分布数量上呈现出了较大区别。所以，从一个人面部螨虫的种类分布比例，不难推测出其祖先的发源地，甚至可以分析出其祖先的迁徙路线。例如，在实验后的一次抽样调查中，科学家发现一名美国志愿者的面部以B、D类螨虫居多，便大胆推测其祖先发源于亚洲。事实证明正是如此，这名志愿者的曾祖父出生于亚洲，8岁时才移民美国。

值得注意的是，拉美裔和非洲裔一样，脸上存在四类螨虫，很可能是历史上发生多次人口迁徙的缘故。众所周知，拉丁美洲曾遭受过漫长的殖民统治，大量非洲黑奴被迫迁往当地，人口结构也因此变得复杂起来。不过，这与人类起源于非洲的结论并不矛盾。

同时，科学家们还注意到，螨虫只会在关系最亲密的家人间传播。当一代人的皮肤含水量、毛囊密度和油脂分泌程度发生变化时，螨虫的一些特征便会随之发生变化。而螨虫与人类共生了数十万年，四类谱系的螨虫至少在20万年前就进行了分化，恰好与人类的崛起在同一时期。这表明，螨虫将成为记录人类进化史的重要标记。

因此，科学家们认为，螨虫为人类迁移和进化史提供了新的研究路径。

# 懒到极致的树懒

□文/陈　燕

明明一句完整的话，却每隔一个或两个字，就要用句号隔开，阅读速度瞬间变龟速。这正是在微博走红的“树懒体”，而这一切都源于2016年3月大热的电影《疯狂动物城》，撑起全片笑点的树懒“闪电”成为网红，就连目前最流行的表情包也快被它承包了。

在英语里它是Sloth——懒惰；法语中是la paresse——懒家伙；德语里面，它是das Faultier——懒动物；西班牙语里面则是el perezoso——懒惰的熊，所以中国人叫它树懒绝对没有冤枉它，树懒的懒，是被世界认证的。

丑萌的树懒生活在南美洲的热带雨林，一生不见阳光，极少下树，以树叶、嫩芽和果实为食，吃饱了就倒吊在树枝上睡懒觉，他们可以说是以树为家，故称之为树懒。虽然说话和行动特别缓慢，但凭着迷人的微笑，它们还是受到了大家的喜爱。

树懒虽然有脚，却不能走路，靠的是前肢拖动身体前行。乌龟够慢了吧，而它比乌龟爬得还要慢。最快的速度是每秒钟移动6厘米。当危险来临，他们也懒得跑，只是缓慢地把眼睛闭上。

树懒是唯一身上有植物的野生动物。它们如此之懒，以至于几乎从来不梳理自己身上的毛，所以身上长满了各种各样的藻类，在潮湿的野外环境里几乎全身都是绿色的，再加上它们几乎不动，很难和周围的树枝区分开来。比起四处逃跑寻找掩体的其他动物，它的隐形策略是不是更令人叹服。

树懒吃得很少，这点少量的食物，要在它的肠道里面经历一段难以置信的曲折历程。食物从进入它嘴里算起，要经过50天才能到达肛门。当这些食物再次出现时，它已经想方设法从里面榨取了最后一点养分。一般情况下，树懒每周拉一次粑粑。不过，它排一次宿便，可以减轻自己体重的三分之一，这是多少人梦寐以求的技能啊！

有趣的是树懒的如厕仪式，它们不是上到树冠顶部排便，反而要爬到地上，在树干底部完成这项仪式。要知道这样做的风险极大，会使得树懒暴露在如美洲虎这样的大型猫科猎食者的面前。

当然，只有爱情的力量，才能让树懒如此大费周章地爬到地上。雌性树懒处在发情期时，大概每个月有八到十天会每天爬到地上排便。留下一大堆纤维质便便，在树懒的世界这等于张贴征婚启事：闻到香味了没有，我可单着呢，如果你也单着，就约吧。这就像是没有“速”的速配。

树懒的脊椎和其他哺乳动物一样，都是从第八节开始发育肋骨，但在三趾树懒中，它的发育早就停止了，这使得它的整个躯干都从脊椎上往下挪了一截。本来颈椎错位这样重大的发育突变应该引发癌变、胸廓出口综合征之类的疾病，但它们是如此的懒，低代谢率使得癌细胞长得太慢，几乎不活动又让静脉和神经不怎么因为异常受到压迫，所以也就懒得纠正了。

看吧，即使是懒，做到极致也是有好处的。

# 不只是树木才有年轮

□文/王吴军

树木有年轮，这是人所共知的事情。根据一棵树的年轮，就可以知道它的年岁是多少。而且，树木年轮中还带有自然界中无比丰富的信息，比如地震、火山爆发等天灾都可以在树木的年轮中记录下来。因此，外国科学家把树木的年轮称为“天然地震记录仪”。

其实，不只是树木才有年轮。除了树木之外，其他植物也是有年轮的。比如水仙花就有自己的年轮。水仙花的年轮是在水仙花的蒜头上。水仙花的蒜头上有一个年轮（成长了一年）的开花期短，有三个年轮的开花期长。如果按照年轮来挑选水仙花，就能使水仙花的花期更长一些。

动物也是有年轮的。最容易引起人们注意的是乌龟和鳖的年轮。从乌龟和鳖的背甲盾片上同一环数的多少，就可以知道它的年龄，但是也有一些乌龟和鳖在一出生就有固有的年轮。因此，计算这种乌龟和鳖的年龄时要减去固有的年轮数。牛和马也有年轮，它们的年轮在各自的牙齿上。

人其实也是有年轮的。日本科学家发现，人的年轮在人的大脑中。当一个人感受到的音波频率和他的年轮相等时，这个人的大脑就会发生特别的反应。如果一个人感受到的音波频率和他的年轮不相等时，就没有这种反应。人的大脑中的年轮对于音波频率的这种特别的反应，可以在显示脑电波的荧光屏上明显地看出来。因此，利用音波频率可以准确地看出一个人的年轮，也就可以知道一个人的真实年龄。

树木、花、乌龟、鳖、牛、马，以及我们人类本身都有年轮，这就是在提示我们人类，很可能世界上所有的生物都有记录自己年龄的年轮，只是各自记载年龄的装置是位于躯体的不同部位中，至今尚未被发现而已。

# 刺沙蓬的“断舍离”

□文/刘雨桐

在大漠戈壁上，生长着一种奇特的植物，它们不懂得山下英子创立的“断舍离”生活概念，但它们生命的轨迹始终遵循着“断舍离”的法则，不断地自断根茎，舍离故园，在季候风的吹拂下四处漂泊，成为颇具传奇色彩的植物“流浪汉”。

它们就是刺沙蓬。

刺沙蓬又名风滚草，系一年生草本植物，根茎短而脆，极易断掉；植株从基部开始分支，分支呈弧形，似乎随时准备抱成一团。它们的种子是横生或者斜生的，只为在翻滚中顺利播散。

也许是一种宿命，刺沙蓬特别钟情瘠薄的土地，散落在世界各地的荒漠戈壁里，紧紧地抓住沙砾间少许土壤，顽强地存活着。但它们从不贪图安乐，固守一地，一旦生存环境恶化，它们便如壮士断腕般自断根茎，然后等待风的裹挟，远走他乡。

大漠戈壁从来不缺狂虐的风，刺沙蓬蜷缩成一团，随风翻滚，浪迹天涯。但一遇到湿润适宜的土壤，它们便舒展茎叶重新扎根，直到再次搬家。就这样，刺沙蓬周而复始地搭乘鼓荡的漠风，不断上演“断舍离”的戏剧。

“断舍离”是刺沙蓬终生不变的生活方式，它们流浪着寻找理想的家园，但那片乐土似乎永远在他乡。它们暂时栖身的土地，或是沙漠里的绿洲，或是沙砾乱石间的一抔土，或是寸草不生的荒漠，它们的命运简直就是九死一生。但它们顽强地生长着，在稍稍肥沃的地方拼命汲取营养；在寸草不生的严酷之地，它们哪怕成了含水量低于4%的干草，依然靠停止新陈代谢让全身的细胞休眠来维持生命，苦等再一次风起。

就是在这“断舍离”中，刺沙蓬渐渐长大，它们开花结果，然后在随风流浪的过程中，把种子撒播到各处，壮大繁衍自己的家族。

刺沙蓬的“断舍离”有着一种冲天的豪气和审时度势、自我调节的能力。人们歆羡它们的不羁和自由，赞叹它们壮士断腕的气概，唏嘘它们的隐忍和坚持，悲悯它们颠沛流离的一生，刺沙蓬活成了一道令人敬畏的风景，颠覆了“树挪死”的自然法则，诠释着一种踏实顽强、充满睿智的生存之道。

# 虫与草之间的传奇

□文/祁云枝

植物无论何等模样与性情，只因名字中有“兰”字，顿觉雅了几分，“兰”音滑出时，仿佛携带着一缕芬芳，在舌尖上缠绕。

丝兰的模样很像剑麻，有莲座样的叶丛，每片叶子锋利如剑。细看，丝兰的叶缘牵绊着好多细长的白丝，这能让人把丝兰、剑麻和凤尾兰区分开。开花后的丝兰会突然变得柔美，一串串风铃般的蜡质白花高高悬挂在直立的圆锥花序上，一阵风过叮当作响。

昆虫为植物“做媒”一般分为两种：一种如蜜蜂、蝴蝶，飞旋于花朵间，属于大众“媒人”；一种属于专职“媒人”，一生只为一种花传粉，并依靠该植物繁衍后代。它们之间互惠互利，失去其中一方，都将导致两个物种灭绝。丝兰蛾和丝兰就属其中。

丝兰的花在傍晚开放，花朵绽开的过程中会释放出香味。这花香是丝兰向土壤里的丝兰蛾发出的“请帖”。当丝兰蛾接到“请帖”后，会从蚕茧中爬出，飞离地面，然后将丝兰花朵作为爱巢，完成雌雄丝兰蛾的婚配。之后，雌性丝兰蛾开始飞悬在丝兰的雄蕊上，用它那细长且能弯曲的吻管，收集花粉，然后细致地用前足把花粉搓结成大块。丝兰的花粉非常黏，很容易成型。丝兰蛾收集的花粉个头，能达到它头部的三倍。

收集好花粉后，雌性丝兰蛾便背负着这团重物，飞抵另一朵花。雌性丝兰蛾还长着长长的放卵器，利用这伸缩自如的放卵器，刺穿丝兰的子房壁，将身体里的卵，安放在丝兰的子房中。从此，丝兰将开始行使自己的另一个职责：代孕妈妈。

丝兰花有六枚花瓣，位于花中间的雌蕊，由三根三角棒状的结构组成复合雌蕊，外围有六个分离的扁平状雄蕊。复合雌蕊中空，合围成一个假柱头管，真柱头在管子底部，花粉只有传递到花柱底部，丝兰才能授粉。可是，丝兰的花粉不能直接传递给自己的柱头。因此，这项重任必须有丝兰蛾的鼎力相助。

雌性丝兰蛾在丝兰花子房里安顿好后代后，会爬上复合雌蕊的顶部，用前足和吻管将搬运来的花粉球竭尽全力地压入管子深处，好让花粉球能够到达丝兰的柱头。细心又勤恳的丝兰蛾妈妈，为确保丝兰受精，会将“采集花粉—放卵—压入花粉”的步骤的步骤来来回回多次。

劳碌过后，丝兰子房中的三室都有了丝兰蛾产过的卵，三个柱头也都经由雌性丝兰蛾压入了花粉而受精，结出种子。丝兰将贡献出一部分种子，养活位于子房里的丝兰蛾幼虫。

假如丝兰没有种子，在自然条件下便无法繁衍；如果没有丝兰花子房的庇护和提供食物，丝兰蛾的幼虫也无法长大，更不能繁衍后代。这一草一虫，相伴相生，唇亡齿寒。

雌性丝兰蛾总是能知道每朵花里是否有其他姊妹光顾过，也懂得在每朵花上产下多少卵最适宜，更知道适度利用和过度开发的好处与坏处，让后代刚好吃掉约15%的种子，剩余的种子用以确保丝兰能传宗接代。

当丝兰的种子快成熟时，丝兰蛾的幼虫也长大了，它们咬穿果壁，吐丝下降到地面，然后在土中结茧越冬。那些没被吃完的丝兰种子掉落到地上，来年就会长出一株株新丝兰——如此这般，年复一年……

西安植物园有一片用棕榈、丝兰和凤尾兰营造的热带风情区。记得同事告诉过我，他曾为园里的丝兰进行过人工授粉，但从没见到丝兰结种子。原来他依据自己的经验，将收集的丝兰花粉，涂抹到了花的复合雌蕊，也就是假柱头管上，并不懂得将花粉压入空心的复合柱头管中，直达底部真正的柱头。

人，大多数时候并不比其他物种聪明。

# 植物在早晨冒汗

□文/王箣华

秋初的清晨，正是气候潮湿、气温凉爽、空气清新的时刻，但如果你仔细观察森林，就会发现一种奇妙现象：许多植物，如栎树、苦楝树、黄果树等高大乔木，水稻、高粱、玉米等禾本农作物，西红柿、辣椒等蔬菜，夏士莲、滴水观音等观赏植物，它们均“怕热”，从叶尖或叶缘淌下一滴滴“汗珠”。这些“汗珠”在阳光下一闪一闪，犹如夏夜里的群星。“汗珠们”挥汗如雨，第一滴从叶上掉下后，叶尖马上又形成第二滴，体积再逐渐增大、掉下，然后第三滴、第四滴，滴滴答答掉个不停。

许多人会问：“这难道不是露珠吗？”其实不然，露珠是指凝集在地面和地上物体表面的水珠，通常在晴朗少风的夜晚出现。而那些植物叶子上冒出来的“汗珠”，掉落后马上又会冒出新的“汗珠”，如此反复，显然不是露珠。况且，露珠的水滴很小，一般覆盖于整张叶片的表面，而不会从叶尖滴落。很明显，我们见到的水滴就是从植物体内流出来的“汗珠”。

科学家为此做了个试验，发现这些“汗珠”里含有少量无机盐和其他物质，就跟人类的汗水一样。那么，植物为什么会在凉爽的清晨反其道而行，汗如雨下呢?

原来，植物通过根部大量吸水是需要排出的。白天，它们在阳光下进行光合作用，叶面上的气孔张开，大量水分通过气孔蒸发掉，所以人们的肉眼看不到它的“汗珠”。可到了晚上，气孔“打烊”，全部关闭，而根仍源源不断地在吸水。这样，植物体内的水分就会过剩，进而寻找出口。于是，叶尖、叶缘上的“水孔”就成了它们的“闸口”。

植物生理学上，科学家们把植物“出汗”称为“吐水”。植物吐水越多，吸收的水分和养分就越多，根系也就越发达。这说明，吐水是植物健壮的标志，是农作物高产和树木繁茂的基础。据观测，芋头的一片幼叶在适合的条件下，一夜可“吐”出一百五十滴左右的水，对于被移栽不久的农作物，如果开始吐水，就说明它们已经成活了。

说来也奇怪，许多植物的“汗珠”里竟然含有特定物质。如白桦、棕榈树含糖，一般通过“排汗”的方式排出，这些“汗珠”香甜味美，在远古时就被人们用来酿酒、熬糖。

此外，植物的“汗珠”还有利于自身繁衍。有些植物的“汗珠”芳香袭人，常引诱某些昆虫前来传粉。植物的“汗珠”有相亲或相克的特性，如小麦的“汗珠”对马铃薯晚疫病就有预防作用，所以马铃薯可以种在被收割了的小麦土地上；相反，在向日葵旁种豌豆，则会两败俱伤……

另外，人们还利用植物的“汗珠”为病人服务。如松树的挥发性分泌物可以治疗肺结核；五味子对减轻人的疲劳、增强视力、养脾安神等有一定功效；云杉、白桦、椴树的叶片有杀伤白色葡萄球菌的作用。

# 金鱼的记忆不止7秒

□文/大　喵

看着鱼缸里金鱼活泼地游来游去，你是不是会马上想到网络上流传许久的一段话？“金鱼的记忆只有7秒，7秒之后，它就不会再记得曾经发生的事情，一切又都会变成崭新的开始。所以，在那一方小小的鱼缸里面，它永远不会觉得无聊。”

可是，鱼的记忆真的只有7秒吗？很多人对此产生了疑问：记忆力真的可以被精确到秒吗？每一条鱼的记忆都是7秒吗？还是说7秒是它们的平均记忆时间？是不是也存在记忆只有两三秒的笨鱼？这些笨鱼会不会在吃了食物后，立马忘记自己已经吃过东西了？

幸运的是，鱼类作为脊椎动物中较早出现的品种，有着独特的进化地位，所以对于鱼类记忆的研究也相当多。虽然研究的鱼类品种有所不同，实验方法和具体目的都不一样，但是几乎所有关于鱼类记忆的研究都表明：鱼的记忆，远不止7秒。

美国密歇根大学的研究人员用金鱼做了个实验。他们把金鱼放在一个很长的鱼缸里，然后在鱼缸的一端射出一道亮光，20秒后，再在鱼缸射出亮光的一端释放电击。很快，金鱼就对电击形成了记忆，当它们看到亮光的时候，不等电击释放，就会迅速游到鱼缸的另一头，以躲避电击。研究人员发现，只要进行合理训练，这些金鱼就可以在长达一个月的时间里一直记得躲避电击的技巧。

美国俄亥俄州托雷多大学的几位研究人员测试了斑马鱼的记忆能力。在训练过程中，他们会在喂食前给斑马鱼一个红光作为信号。训练终止10天后，斑马鱼依然记得红色信号灯表示进食时间快到了。如果你认为这只是简单的条件反射，那请注意了：在实验室里，斑马鱼能很快学会如何走出迷宫、根据声音信号寻找食物、记住捕食者的形状、根据提示躲避电击……这些可不是条件反射所能解释的。

美国的伊利诺伊大学香槟分校心理系的埃里克森教授曾做过一个相当简单的实验：他在自家鱼池里养了一些鲶鱼，每次喂鱼的时候，他都要大喊几声："鱼！鱼！"经过几个月的训练，每当埃里克森教授喊话的时候，总会有19条鲶鱼游到他的身边。第二年夏天，埃里克森又重复了一遍这个过程。这一次，有16条鲶鱼听从了他的口令，游到他的身边。又过了五年时间，埃里克森再次回到这片鱼池，他决定再测试一下自己养的鲶鱼是否还保存着之前的记忆，于是他喊了几声："鱼！鱼！"让他吃惊的是，他还没有来得及把鱼食投入水里，就已经有9条鲶鱼游了过来。第二天，接受他召唤的鲶鱼增加到了13条。实验期间接受召唤鲶鱼的数量变化，正揭示了鱼类记忆力的消退和重拾，更说明了鱼类记忆力的持久性完全超出人们的预期。

研究人员的观察和实验说明：鱼类很可能有长达一年乃至数年的记忆。考虑到大部分鱼类的寿命只有短短几年，它们的记忆算是相当持久了。此外，还有一些研究表明，著名的洄游鱼类——鲑鱼之所以能够在成年后返回自己的出生地，是因为它们对自己幼年时期生活环境里的气味形成了记忆。

所有关于鱼类记忆的研究都表明，鱼的记忆远不止7秒。所以，当你记不住东西时，可别再说自己的记忆跟金鱼一样只有7秒，金鱼可不背这个黑锅！

# 竹筒里的“房客”

□文/刘雨桐

苏东坡云：“宁可食无肉，不可居无竹。”可见，傍竹而居是文人雅客的雅好。可是，扁颅蝠偏偏喜欢“附庸风雅”，一生都居住在粉单竹竹节之间的空洞里，成了名副其实的竹筒里的“房客”。

据文献记载，扁颅蝠已经在地球上生存了600万年，主要分布在东南亚与我国两广、云贵地区，体长约4厘米，平均体重3.5克，仅成人拇指大小，是世界上个头最小的蝙蝠。如此弱小的生命，在弱肉强食的世界里能够繁衍生息至今，全赖竹筒的庇护。

扁颅蝠如何发现竹筒是宜居之地的呢？它们的扁平状颅骨又是如何进化的呢？这都要归功于大自然的造化。

每年春天，大量的粉单竹竹笋破土而出，并快速地生长。这时，有一种甲虫把产卵管扎进竹笋中产卵，孵化后的幼虫以竹笋为食，成虫后钻出，并留下一个洞口。竹子快速长高之后，这个洞口便会被拉长成一条宽不足1厘米的裂缝。

某一天，这条纤细的裂缝被扁颅蝠的始祖发现了。它小心翼翼地检视一番后，拼尽力气钻了进去，发现里面别有洞天：厚厚的竹壁犹如城堡般坚固，粗糙的竹内膜方便倒挂，清香干净的环境更非肮脏的洞穴可比，最重要的是入口狭小，蛇类等天敌无法进入，再也不用提心吊胆，简直就是一个安全舒适的宜居之所。

于是，发现了新大陆的扁颅蝠始祖开始蛊惑“族人”，被蛇和猫头鹰等天敌吓怕了的扁颅蝠们赞叹这伟大的发现，纷纷开始乔迁新居，但要想挤进纤细的裂缝实在太难了。扁颅蝠的始祖们没有轻易放弃，既然无法改变竹子，那就改变自己。若干年后，它们的颅骨慢慢进化成为扁平状，身上的肋骨也变得异常柔软，练就了“缩骨神功”的它们，终于成了竹筒里的“房客”，拥有了天然的避难所。“扁颅蝠”这个学名，也由此诞生。

扁颅蝠成为不请自来的“房客”之后，很珍惜竹筒里的环境，它们不是扎堆在一起，而是用前肢支撑着两侧的竹壁，脑袋向下，挂在竹筒顶部，睡醒之后就开始整理自己的体毛，或者互相整理展开社交，似乎很在意自己干净与否，粪便也会顺着裂缝排出去，整个客房总是被打理得干干净净。

在竹筒里的日子虽然悠然自得，却没有食物，扁颅蝠们每天必须冒着风险外出觅食。虽然扁颅蝠的颅骨进化了，它们的视力却没有丝毫长进，全凭听觉进行导航，所以那道纤细的裂缝就成了严峻的考验。在没有天敌追杀的情况下，它们可以相对优哉地返回住所，但遇到危急情况时，要在高速飞行中准确无误地钻进狭小的裂缝中并非易事，很多扁颅蝠因此在家门口惨遭杀戮。后来，扁颅蝠发现了团队合作的办法。一旦遭遇蛇或者猫头鹰攻击时，大家就分散逃离，返回竹筒的扁颅蝠会在洞口发出一连串的高频声波，为还在外面的同伴导航指路，有效地保护了族群。

由于外出觅食的风险太大，久而久之，扁颅蝠养成了只在每天傍晚和凌晨时分集体外出觅食的习惯。它们用高频声波准确定位小蜂类及蚊子、白蚁等昆虫的位置，用二十分钟左右的时间快速结束战斗，然后集体返回，继续悠然地做着“房客”。

扁颅蝠用智慧和胆识，在竹筒里辟一方福地生息繁衍，演绎着生命的传奇。

# “鸩”从何来

□文/高小宝

大家都知道“饮鸩止渴”这个成语，“鸩”在传说中是一种有毒的鸟，喝了用它羽毛浸泡过的酒能毒死人。因此，这个成语的意思是喝毒酒来解渴，寓意人急功近利，用错误的方法来解决眼前的困难，而完全不顾后果。那么这种叫作“鸩”的鸟到底长什么样子呢？《山海经》中记载：“鸩大如雕，紫绿色，长颈赤喙，食蝮蛇之头，雄名运日，雌名阴谐。”然而，迄今为止，在中国根本没发现任何一种有毒的鸟类。传说中的鹤顶红，其实也只是“砒霜”的雅称，丹顶鹤头顶上红色的部位并无毒性。但古人不可能平白无故地想象出一种有毒的鸟，并将它称之为“鸩”吧。那么，它究竟是否存在呢？

这个问题一直到1992年才有了初步答案。几位美国科学家在新几内亚的热带雨林中发现了一种鸟，这种鸟的头、翅和尾为黑色，其他部分为橙色，颜色艳丽，外形有点儿像黄鹂和八哥。科学家在制作标本时，接触到了它的羽毛，皮肤立刻出现了灼烧般的刺痛感。经过化验，原来这种鸟的羽毛和皮肤中含有蟾毒素族（即箭毒蛙体内的毒素）的神经毒性生物碱。中了这种毒素，就会出现剧烈呕吐、心律失常等症状，数小时内便可致人死亡。科学家将这种小鸟命名为黑头林鵙鹟。

黑头林鵙鹟的发现，似乎印证了“鸩”的存在，而且研究发现，黑头林鵙鹟的毒素来源和书上记载的“鸩”非常相似，其羽毛的毒素来自于他们食用的甲虫和植物。然而，在科学家就要认定黑头林鵙鹟是传说中的“鸩”时，新几内亚的热带雨林中又出现了一种皮肤和羽毛有毒的鸟，毒素来源和黑头林鵙鹟一样，科学家把它称作蓝顶鹛鸫。美国科学家像发现新大陆一样，在《自然》杂志上图文并茂地发表他们找到了中国传说中的“鸩”。但其他科学家看到文章后产生了疑惑：非洲距翅雁和欧洲鹌鹑同样含有毒素，毒素也来自于所吃的食物，它们为什么不能称作“鸩”呢？

反对声一出，美国科学家也沉默了，要说黑头林鵙鹟是“鸩”，似乎有些牵强。因为根据古书上的记载，“鸩”生于岭南，而黑头林鵙鹟只分布于新几内亚。虽然新几内亚与古人说的“岭南多瘴气毒虫”的条件相符，但两地相距甚远。那么有没有可能，这种有毒的鸟类在上古时代曾经生活在我国的岭南地区，后来逐渐被捕杀灭绝了，而新几内亚的这些鸟是有人带过来，且正好幸存下来的呢？但这些仅仅是人们的猜想罢了。

那么，“鸩”到底是一种什么样的鸟呢？直到现在，中国境内还是没有发现。黑头林鵙鹟、蓝顶鹛鸫、非洲距翅雁、欧洲鹌鹑虽然和古书中记载的“鸩”的情况比较相像，但地理位置不相符。古人为我们设置了这样一个谜题，大自然又是千奇百怪，“鸩”或许本身出于人们的想象，实际上并不存在，又或许已经灭绝了，或者“鸩”根本就不是一种鸟，也或者鸩酒本来就是一种美酒，是人以讹传讹闹了误会。但不管怎样，由此积淀的中国文化和蕴含的科学知识，还是有趣又令人受益的。

# 打喷嚏的豺狗

□文/顾静怡

在动物世界中，老虎应该算是凶猛的动物了。它那额头上的“王”字，一点儿也不含糊地宣告着自己是森林中的万兽之王。然而，让人想不明白的是，老虎的天敌竟然是豺狗。尽管豺狗的体型比狼还小，从外形上来看，它根本不是老虎的对手，但豺狗生性残暴、贪食，且它最大的特性是一旦确定了袭击目标绝不单干，而是成群结队一哄而上，貌似没有章法，却让被攻击的对象无处遁逃。

那么，豺狗之间是如何达成共识组成团队出击的呢？根据动物研究专家博茨瓦纳对豺狗的观察，豺狗形成团队的共识是打喷嚏。新南威尔士大学生态系统科学中心的尼尔·乔丹发起了研究豺狗的社会集会，发现豺狗在休息过后跑去打猎前，会先进行问候仪式，这时豺狗会比平时打喷嚏的次数多。也就是说，如果有一定数量的豺狗同时打喷嚏，那就构成了法定数量，即表示大家同意起床去打猎了。

研究人员一度认为这些豺狗打喷嚏只是为了清理呼吸道。事实上，打喷嚏的次数及参与打喷嚏的豺狗都表明它们有刻意的目的，就像是一种投票机制。打喷嚏的次数越多，就表明同意参加狩猎的人数越多。研究人员还发现一个特别的现象，那就是如果位居领导地位的豺狗连打几个喷嚏，那就表明集会马上就要开始。反之，如果首领没有打喷嚏，集会则在十次或者更多次的喷嚏之后才会开始。不过，有时如果有足够多的豺狗想要出去打猎，豺狗群的领导们即使不想去，也有可能被逼着去。打喷嚏的行为仿佛代表着法定人数，同时打喷嚏的数量也必须在群体改变活动前达到某一阈值。这种现象类似于投票决定豺狗是否前进的群体行为。

在动物界中，豺狗是实用主义者，它们通过打喷嚏行使自己的投票权，只要多数通过后，它们就会成群结队、一拥而上，尽管毫无风度，但它们善于围猎，是集体主义始终不渝的实践者。

另外，豺狗的聪明在猎食时也演变成了一种残忍。围猎时，它们群起而攻之，一旦发现猎物，首先把猎物的眼睛抓瞎，其中一头豺狗会连吓带哄尽量牵扯住猎物，不让猎物全身而退，而其他豺狗就会从两侧快速包抄，堵住猎物的逃跑之路。这时候，猎物往往进退两难，靠近其尾部的豺狗会趁机跳上猎物的背部，然后用利爪掏出猎物的内脏，其他豺狗则一拥而上，抢拖撕咬，将猎物吃得干干净净。

在与体格威猛的牛搏杀时，豺狗也体现了它的“豺智”。如果一群豺狗把牛作为袭击目标，那么，其中一只豺狗就会跑到牛的面前嬉戏，另一只豺狗则会跳到牛背上用前爪在牛屁股上抓痒。当牛感到无比舒服而翘起尾巴时，豺狗就会对准牛的肛门痛下杀手。这种“独门武功”是豺狗智慧的显现，尽管阴鸷，但在弱肉强食的自然界中十分奏效。

真正的兽中之王不是独行侠，而是有合作精神的团队。老虎和豺狗的区别就在于，豺狗懂得友好合作，而老虎却只想独霸森林。

# 一个夹子冻住一只猫

假如猫妈妈知道自己与孩子之间的默契，竟变成了孩子的软肋，心里会不会有些懊恼呢?

# 藕的味道

□文/杨　晔

虽然我对藕情有独钟，但是对于它的做法总是不得要领，因而享受不到它的美味。我觉得它没有任何味道，炒着吃，或者炖排骨，都是脆脆的，但就是没有味道。

白菜有白菜的味道，萝卜有萝卜的味道，更不用说大葱和韭菜的味道了，吃过之后，嘴里出口气，旁边的人都能闻到。可唯独藕是个奇葩，没有自己的味道，我也百思不得其解。

有一日忽然顿悟，莫不是藕处在淤泥里太久了、太深了，若是有特殊的味道，便会招来水里的鱼虾、水虫的啃咬，所以才不肯招摇，内敛了本有的味道，也许它曾经拥有迷人的味道。抑或是深藏淤泥，终年不见太阳，藕学会了隐忍，它自知得不到阳光的恩宠，所以就学会了淡泊。

可是，世人似乎只把藕当作盘中菜，没有人在意它。人们的注意力都放在了它的花叶上，那些美好的诗句都是描述它滋养的子嗣："接天莲叶无穷碧"，是叠翠生烟的荷叶；"映日荷花别样红"，无须多说，自然是硕大荷花的娇美容颜；蜻蜓青睐的是才露尖尖角的小荷，它和世人一样也没有思量那些深埋在淤泥里藕的模样；欧阳修载酒来西湖，是因为荷花开后西湖好；花好，香更浓，"荷风送香气"，在孟浩然的笔下，荷花开的时候连风都是荷的味道。

翻开诗词，所有美妙的描写似乎都是对荷花的赞美，就连周敦颐的《爱莲说》提到的出淤泥而不染，似乎也没有刻意突出真正处于淤泥污垢之中的原本是藕。实际上，芙蓉出水静年芳，菡萏红妆十里香，纵使荷叶连连万里阻断小舟路，它们也是浮于水面之上的，纵然挺进水里的根茎，也没有受到淤泥的浸染。

恰恰是深埋在淤泥里的藕的隐忍，才带来这满池荷塘荡香风，却从来不被世人欣赏。我看过电视里介绍挖藕，很不容易。因为夏季是赏荷佳节，秋季是听雨落荷的意境，只有冬季属于藕。寒风冷雨，挖藕人穿着四五千克重的“水鬼衣”，下到齐腰深的池塘，而且必须手脚并用，身体几乎趴在水面上，有时下巴浸在水里，摸索好一阵子，才能把入泥半米深的藕挖出来，这时的藕沾满淤泥，黑乎乎的。挖藕人很辛苦，不但要在冷水中浸泡，而且他们的指甲不能太长，因为长了会损坏藕，被划破的藕就会进淤泥，那样吃起来就会有淤泥味儿。

没有人仔细想过，为什么那终日浸染在淤泥里的藕只要用清水洗濯就会那般洁白，尤其是切开来，更是白皙照人。这才是真正的出淤泥而不染，这才是真正的质本洁来还洁去。

藕都没有人在意，就更没有人在意挖藕人的辛苦了，人们只把藕当作一道菜。

藕本身没有特殊的味道，而这恰恰暗合了“大象无形，大音无声”的道理，真正的味道就是无味，无味就是本色本真，没有修饰，没有浸染，没有干扰，没有迷惑。

就如那些普通的挖藕人，过着平淡无奇的日子，不沾染铜臭气息；过着平凡朴实的生活，不仰慕一掷千金。他们从不会去思量位高的威风，也不会奢求金玉的虚荣。他们的眼里只有朴实的劳作，只知道天再冷，水再寒，泥再深，也要把藕挖出来，就算自己的指甲光秃秃的，也不要伤到藕。

藕没有味道，它不需要味道，因为它根本不愿意以味道谄媚人的舌尖，更不情愿以味道夺得世人的青睐。这就是藕的味道。

# 当鱼淹死在大海中

□文/冉　浩

应该没有什么动物比鱼类更擅长游泳了，而大海更是鱼类的家园。很难想象，会有鱼类在海洋中被淹死，然而眼下，这是真实发生的事情——一些堪称“鱼类噩梦”的水团在大海中如幽灵一般游荡，海洋中的鱼类触之即死……

比较出名的一个水团来自飓风“哈维”，它肆虐了美洲大陆，并且带来了1000亿吨的降水，然后这些雨水便一股脑地涌进了大海。也许你会觉得，雨水回归大海是一件很正常的事情，每天都有无数雨水通过河流注入大海。但是，事情并没有这么简单。

流入海洋的是淡水，但海洋的水是咸水。河流会在入海口附近形成一个“缓冲”区域，在这里，淡水和海水彼此混合，淡水变咸，咸水变淡。离入海口越远，水的盐度就越接近海水，直到彻底和海水混合在一起。在这个“缓冲”区域生活着一些特有的生物类群，其中很多动物既能适应淡水，又能适应咸水，它们体内有着特殊的调节机制，可以让它们在这样的环境下安然生存。

而对纯粹的海洋鱼类来讲，淡水则相当危险。

你可以把水分子看成是非常微小的微粒。事实上，即使在分子中，它们也算得上微小。细胞膜无法阻挡这些微小颗粒的进出，而水分子还具有渗透的能力，它们会从浓度低的地方向浓度高的地方渗透。

于是，海洋鱼类遭遇淡水的时候，情况就非常危险。鱼细胞内的液体浓度与海水相当，却高于淡水。淡水会迅速涌入鱼的细胞中，撑爆细胞内部的结构，甚至是细胞本身，鱼就会迅速死亡。

我曾亲眼见过这样一件事情。那年，我从渤海湾带回来一条小鱼，调配了人工海水，然后把它养在鱼缸里，放在案头。由于自然蒸发，水开始变咸，我就在鱼缸的水面处做了标记，每当水面下降一点的时候，我就补上一点纯净水，以维持水的盐度。这条小鱼养了很久，直到某一天，我大意了，随手取了一瓶纯净水给它加水，因为我想赶紧补充好水，所以水流有点儿大，大到我可以清晰地看到里面的淡水柱。而这条小鱼居然鬼使神差地游向了那个水柱，效果立竿见影，整条鱼开始痉挛、抽搐。我立刻住手，但这条鱼还是在苟延残喘一阵后，死亡了。

你可以想象，飓风带来的巨大降水是一个什么样的后果：它会将原来入海口的范围迅速向外扩展，甚至拓展到海洋深处。因为盐分的混合需要时间，所以这样一大团淡水会维持很长一段时间。在彻底融入海洋之前，它就这样飘荡着，阻断洋流，覆灭海洋生物，不管是鱼、珊瑚或者贝类……

还好，这次比较幸运，飓风“哈维”的前进路线偏离了德克萨斯州东南部的海洋保护区，那里的珊瑚礁已经存在了上万年，一旦与淡水团碰撞，后果不堪设想。而这样的事情，在未来某次大量降水后，还有可能再次发生，且未必是在美洲，所以我们应该警惕起来，早做预案。

# 缩小脑袋好过冬

□文/任万杰

寒冷来袭，人类穿上了厚重的衣服，动物们也不会坐以待毙，纷纷拿出看家本领，有的冬眠，有的增脂长毛，但是鼩鼱过冬的本领简直让人觉得不可思议，因为它竟能改变脑袋的大小。

鼩鼱，靠吃蚯蚓、昆虫等为生，虽然与老鼠长得极像，但两者没有任何关系。它起源于中生代白垩纪，眼睛细小，视觉差，听觉、嗅觉却很发达，是世界上最小的哺乳动物。鼩鼱品种繁多，除极地、大洋洲和一些大洋岛屿之外，各大陆均有分布。

就是这毫不起眼的鼩鼱，它的过冬方式却创造了生物学的奇迹。在冬天来临之际，鼩鼱的头骨最多能够缩小20%。《当代生物学》杂志曾刊登了这项研究报告，震惊了学术界。

其实，业内很早就开始研究鼩鼱了。早在20世纪40年代，波兰动物学家奥古斯特·戴奈尔第一个觉察到鼩鼱的身体能够在冬天缩小，这个发现被称作“戴奈尔现象”。但是，这次的研究第一次确定了鼩鼱身体变化的更多细节。科学家在不同季节追踪相同鼩鼱的个体，并测量了它们头部的缩小程度。马克斯·普朗克研究所的鸟类学在读博士哈维尔·拉扎罗和他的同事在德国一个小镇附近捕捉了12只鼩鼱，并对它们进行了麻醉和X光检查，然后在它们体内植入芯片，以便日后识别。在之后的一年多时间里，这12只鼩鼱接受了定期的扫描，它们都表现出同样的规律：夏天时头部最大，到了冬天时头部会缩小，到了春天时它们的头部又会恢复原样。这一结果表明，温度的降低能够引发鼩鼱破坏自己颅骨的行为，而温暖的环境能够促使它们重建头颅。

然而，鼩鼱在冬天不仅仅会缩小头骨，其他器官也会减少质量，甚至脊椎都会变短。总的来说，最新的研究指出，鼩鼱的体重从七月到来年二月下降了18%，然后到了下一年春天，这些小东西又开始生长，直到达到它们的最大体型——比冬天的时候大83%。鼩鼱缩小体型的目的是在缺少食物的冬天节省能量，此时的鼩鼱所消耗的能量只有正常体型时的十分之一。

每个寒冬，鼩鼱都在用实际行动书写着属于自己的传奇！

# 千步连翘不染尘

□文/扶　云

阳春三月，长寿村沟下密布的连翘花肆意开放，游人如织。一望无际的连翘挥舞着条条黄龙，竞相吐芳。连翘花虽不大，但满枝金黄，一朵连着一朵，均匀地分布在枝条上，枝枝朵朵向上翘首而望，阳光沉淀在薄薄的花瓣上，似金色沙滩上海水的光亮。微风吹来，淡淡的香味便扑鼻而来，令人心醉。穿过通天峡隘口，我来到坐落于太行山麓一个不足百人的小山村，发现这里长寿者比比皆是。让人没想到的是，长寿村山民待客，给人端上的竟是连翘茶水。

连翘茶是长寿村的土特产，可以祛火消毒。长寿村山民连翘茶缸不离手，老人们说：常喝连翘茶，必能调血压。据说，喝连翘茶还能抗病毒，降低病毒活性，对于患有免疫类疾病和过敏性疾病的人群来说，可以稳定病情。同时，饮用连翘茶能维持肠道健康，防止腹泻与肠炎的发生。

长寿村的西南大山沟里，是一眼望不到边的连翘树花海，几百年树龄的连翘树已长到了手腕粗细。每年春季，山民们便会拎着大筐小筐采摘连翘嫩绿的新芽。采来的新芽被放在大铁锅里反复翻炒，炒完后再用手揉，揉完后再炒，反复六次，茶叶的油脂才会被炒出来。这样炒出来的连翘茶，既清香又润泽。

长寿村的每户山民家里，都储存了几大口袋连翘茶，一年四季都离不开它。村里人能辨别出茶叶是经过了几番焙炒的。那天，李凤歧老人送给我一袋子连翘茶，仔细端详，有“绿装素裹”之美感。老人说，这连翘茶用连翘嫩芽制成，是养生之宝。那漫山遍野的小小连翘花，没想到能引来这么多山外来客。还有那连翘树三月开花后结成连翘果，秋收后更是不可多得的中药材。

迎春花和连翘花外形很像，都是一丛一丛的，黄花从细长枝条上开出，远远望去金黄一片。虽然连翘和迎春都是木樨科植物，但两者属相不同，迎春花开得早，有六个花瓣，基本不结果实，丛枝呈拱形，易下垂；而连翘花开在三月以后，只有四个花瓣，结果实，树形略高大，枝条挺拔。从叶片上看，迎春叶片较小，卵状椭圆形；连翘叶片较大，除基部外边缘有粗锯齿，是久传盛名的茶料，具清热、解毒、降压之功效。

连翘果是一味中药，乃“羚翘解毒丸”“银翘解毒丸”的主要成分，不仅具有消炎、解热、抗肝损伤的功效，还能镇吐、强心和利尿。连翘果在秋季成熟，有青翘和老翘之分。白露前采收的为青翘，寒露后采收的为老翘。有药学专家对连翘果的煎液做过抗菌试验，结果表明，连翘能对八种以上的致病菌产生杀灭或抑制作用。

说起连翘这个名字，还有一段故事。相传在5000年前，岐伯带孙女连翘上山采药，因品验一种药物，岐伯不幸中毒，没走多久就毒性发作。岐伯躺在地上，对随后赶来的孙女微弱地叫着：“连翘，连翘。”连翘见爷爷中毒严重，昏迷不醒，于是捋了一把身边开黄花细枝上的绿叶，在手上揉碎后塞进爷爷的嘴里。片刻后，岐伯慢慢苏醒，把绿叶咽下肚中。过了一个时辰，岐伯竟恢复正常。后来，岐伯验证这绿叶清热解毒作用甚佳，便以孙女之名将其记入中药名录。

“千步连翘不染尘，降香懒画蛾眉春。虔心只把灵仙祝，医回游荡远志人。”在长寿村，眼见一蓬蓬连翘迎着春风，摇曳着绝美的身姿，吸引着无数游人，成为摄影者的乐园。好一个春光无限好，连翘金辉耀的境界。

# 一个夹子冻住一只猫

□文/刘淑芳

许多人家里的猫咪总是很调皮，但是人们发现，只要捏住猫咪的后脖，它就会像是被点了穴似的变得很僵硬，没办法调皮了。网上有个“一个夹子冻住一只猫”的视频十分火爆，一个小小的长尾夹能让猫咪立刻拱起背脊，收起尾巴夹到两腿中间，保持一动不动的姿势。如果把夹子拿掉，猫咪就像被解了穴，马上恢复调皮的模样。

关于这一有趣的现象，有人猜测是因为猫咪的后脖位置有一条特殊的运动神经，一碰到那条神经，它就像被点了穴一样。而最集中的观点是认为，猫咪被捏住或夹住后脖时，感到疼痛，甚至害怕。事实真相真是如此吗？那个“穴位”到底暗藏着怎样的秘密？

俄亥俄州立大学临床兽医学教授托尼·巴菲顿带领科研小组对该现象进行了研究。

巴菲顿选择了31只不同品种、规格的猫咪参与研究，它们的年龄从1岁到5岁不等。经过对猫咪的各项生理指标的测试，研究人员发现，猫咪的这种行为并不是由于害怕或者疼痛引起的。一般说来，动物在受到惊吓时，通常会心跳加速，呼吸起伏不定，有些甚至会瞳孔放大。然而奇怪的是，当研究人员用夹子夹紧猫咪的后脖时，这些应有的生理反应，猫咪都没有出现。猫咪也没有出现感到疼痛的正常反应。相反，呈现在研究人员面前的猫咪是安静顺从的。因此，巴菲顿科研小组得出的结论是，猫咪出现这种行为与“方便猫妈妈移动小猫”有关，是一种自然的反应。

简单来说，就是在猫小时候，一旦猫妈妈发现附近有危险，就会轻轻地咬住小猫后脖的肉，把它叼走。而在这个时候，小猫就不会乱动。次数多了，猫咪就养成了一种习惯，只要有东西掐着它的后脖，就会产生条件反射，以为是猫妈妈要把自己叼起来，所以会乖乖的一动不动，就像刚出生的小猫那样。

其实，这种现象在许多幼年动物中都存在过，包括小鼠、大鼠、兔子、狗、荷兰猪等。相信看过《武松打虎》的人会记得一个细节："武松左手揪住老虎头上的皮，右手猛击虎头，没多久就把老虎打得眼、嘴、鼻、耳到处流血……"事实上，当时老虎正是进入了"以为被妈妈叼起"的状态，纵使被武松挥拳猛击，它也只会挣扎躲避，到死也不会回头咬他。所幸在这一过程中，武松抓住老虎的手一直没松开，不然，老虎会立即反扑，那后果就不堪设想了。

虽然，这个现象在很多物种中都被发现过，但是背后的生理原因几乎没有人真正详细的解答过。然而，一群日本的神经生物学家给出了一个答案。

生物学家观察到，动物在"被母亲叼起"时的一系列生理反应中，最典型的"镇静效果"是三个生理反应：停止哭泣、顺从及心跳减速。生物学家麻醉了幼鼠后脖子上动作感受的神经，这之后由"被叼起"而产生的"镇静效果"就减弱了。同时，通过手术移除大脑的一部分，以干扰小脑皮质的传入信号，也会延长母鼠使幼鼠镇定下来的时间。如果不能感知脖子后方被叼住，幼鼠就不会蜷起身来；如果小脑不能接收信号，幼鼠就不会出现顺从反应。至于心跳减弱和身体姿势上的改变，则是由副交感神经及小脑的传出神经来直接实现。

假如猫妈妈知道自己与孩子之间的默契，竟变成了孩子的软肋，心里会不会有些懊恼呢?

# 被一只麻雀骗倒

□文/张军霞

中国当代著名作家陈忠实在写完《白鹿原》这部巨著后，曾经一个人回到故乡的旧居住了两年。那时，他家的屋檐下，先后住过两种燕子。第一种是普通的草燕，它不讲究卫生，做出来的窝外表看上去很粗糙，还时常会把粪便之类的脏东西弄得到处都是，这种肮脏的习性自然很讨人厌烦。

后来，一件令陈忠实惊喜的事情出现了：草燕离开之后，一种极为罕见的瑚燕竟然也来此安家落户。它筑的巢精美绝伦，令人叹为观止，而且每天进进出出都很安静，从来不会打扰到房子的主人。陈忠实很喜欢这种燕子，他坐在门前看书、喝茶时，会时不时抬头瞅一瞅瑚燕那精美的小窝，感觉十分惬意。

不久，陈忠实有事要离开老屋数日，等到他再回到家中时，发现瑚燕已经杳无踪迹，令他觉得又吃惊又好笑的是，有一只麻雀竟然占领了瑚燕的小窝，每天叽叽喳喳、大摇大摆地进进出出。陈忠实对此百思不得其解：鸠占鹊巢的故事早就熟悉，鸠之所以能够霸道取胜，凭借的是力量和凶猛，而麻雀与瑚燕体形、力气都差不多，显然说不上谁的力量更大，也谈不上多么凶猛，但凭什么能把旧主人赶走，自己堂而皇之地住进去呢？

为了探明真相，陈忠实专门查询了一些资料，也问了不少从事文字工作的人，可惜一直得不到满意的答案。有一天，他在跟邻居闲聊时，忍不住又把那个让自己郁闷了很多天的问题说了出来。不料，邻居听了哈哈大笑，说："这事儿太简单了！麻雀根本用不着和瑚燕动武。麻雀只要往瑚燕的窝里钻一回，瑚燕就会自动把窝腾出来了。因为瑚燕太讲究卫生了，闻不得麻雀的臊气。"

一个困扰了自己那么久的问题，答案竟然如此简单！陈忠实忍不住对邻居连连感叹："我差点被一只麻雀骗倒。这真是我料想不到的学问。"他在感慨之余，还曾专门写了一篇文章记录这件事情。

# 一棵枯荣树

□文/江泽涵

赶这天朗气清的晨，赴维拉小镇之约。郊区的风和光舒坦，到底是少了许多干扰，沿着西官山河路的草坪，寻寻觅觅，殷殷切切，只为求一棵枯荣树。

此树神奇。刷朋友圈时注意到一张夜景照，一棵小树高齐膝盖，根头刚探出地面就开了叉，左杈叶片焦黄，凋零过半，连枝干本身也泛着微黄，右杈却生机勃勃，树叶繁茂，枝条青韵绵密。

同根而生，怎会有如此之距？

我当即小窗，询来定位，欣欣然而来。

走了五百多米，赫然抢眼，枯荣树！原来是一堆茶树群，确切地说，只能算作树苗。细看之下，就明了枯荣之秘。枯萎的一枝，后侧已断裂，只因质地挺硬才未折，无碍观瞻，只是养分供给不逮。

既被破秘，顿时没了新意，怅然失落。转了三趟车，颠簸了两个多小时，颇感不适，缺了神秘感，总都是这般吧。我其实学过生物，如果足够冷静，也早该估摸到了。

好好一枝杈，正处于成长期，本当竭力生长，怎就断了？有常无常，人生何尝不是如此。

再看翠绿的一杈，毫不逊色于后头正常的茶树，反犹盛多多，显然是把根部的养分几乎都集中输到了这头，这才导致枯荣两极。想到一个医学案例，人的右肾被摘除后，左肾则会出奇的顽强。

人生也一样充满戏剧性，不乏虚枯假荣，一时莫辨。

# 从掌心飞走的翠鸟

□文/段奇清

世上有一些美丽，不一定要抓在手中。

家乡的河湖渠塘中，一年四季水鸟成群。因为喜爱这些水鸟，儿时，一到假日或下午放学后，我便会拿上一本书，来到村前的池塘边，在树底坐下，一边看书，一边看水鸟在池塘里游弋、嬉戏。

那是春日的一个星期六，学校因事放假半天。太阳和煦，春光明媚，吃过午饭后，我又拿着书来到了池塘边。忽然，有一只鸟"吱"的一声贴着水面掠过，宛然一位画家在画纸上快速地抹出了一道蔚蓝色的弧形线条，美丽异常。

这是一只什么鸟？它好像撞进了我的心中，令心湖之水一圈圈颤动、扩散。那只鸟儿很快地停落在一株刚出水的尖尖小荷上，鸟的个头不大，头上的羽毛就像披了一条以橄榄色为底色、上面绣满了翠绿色花纹的头巾，背上好似套着一件浅绿色的外衣，腹部如同穿着一件赤褐色的衬衫，嘴巴尖而长，尾巴较短。在阳光的照耀下，整个鸟儿焕发着迷幻的光彩。"啊，世上竟有这么好看的鸟儿！"我忍不住喊了出来。

美丽的东西，谁都想占有。当时我就只被一个想法攫住：拥有这样一只鸟儿，该是多么快乐的一件事！可看它那轻盈敏捷地飞行，如光影般，心里又想它是不可能被捕捉到的。

那天下午，我的心思全在这只鸟儿身上。好在它并不飞离池塘，我盯着它总也看不够，直到村里每家每户的厨房上空不再有炊烟升起，暮色已经四合，母亲呼唤我吃晚饭了，这才恋恋不舍地离开。第二天一大早，我又来到池塘边，令人高兴的是，它依然在那儿。

朝阳下，那只鸟儿明亮如星子般的眼睛紧紧地盯着水面。蓦然如一道闪电倏地在水面掠过，水中荡起涟漪，鸟的长喙中便有了一条银色的小鱼。叼着不断摆动挣扎的鱼儿，那只鸟儿不再落在荷叶上，而是在空中如离弦的箭一样飞翔。我的目光紧紧跟随着它，转瞬间，它美丽的身姿消失了。

那只鸟儿飞进了水渠边的一个洞中，我看得清楚明白。渠中并没什么水，洞穴在陡峭的土壁上。我先是一阵跑，离崖壁不远了，便放轻脚步。

洞穴的位置低于我的胸脯，我极力抑制着突突的心跳，屏声静气，蹑手蹑脚地来到洞口前。或许那只鸟儿正专心致志地吃着它捕捉到的小鱼，并没有察觉到我。洞口不大，我的小手刚好能伸进去，也不过一尺来深。

接着，我一阵狂喜！是的，我抓住了那只鸟儿。我终于拥有这人间奇美了，心几乎要从胸口跳了出来！然而，我的心突然又凉了，原因是我手心中翡翠般的鸟儿，“翠绿色花的头巾”耷拉着，整个身子软绵绵的。我的心紧揪着，世上的事情难道真是这样：越是美好、越是珍贵的东西也越娇嫩，这只鸟儿一入手就死了！可我抓它的时候，很轻啊！

然而，就在我的手稍一松时，那只鸟儿便“嗖”地射向了空中，只剩下我握着空拳，傻傻地站立在泥坡前。

后来我才知道，家乡人叫那只鸟儿鱼莺儿，再后来，从书上得知它叫翠鸟。那时，我一直在想，这翠鸟也真够聪明狡猾的，会以装死来逃脱。后来才悟到，不是翠鸟狡猾，只是由于我对它太珍爱。当时我松手，是以为我抓得太紧了，手松一些或许它就能活过来。

这件事过去了很多年，而我对此事的感悟一直铭刻在心：人的希望如美丽的翠鸟，当我们将它看得太重，这时的希望便成了贪心的欲望。冷不丁儿，希望的翠鸟便从我们的掌心倏然飞逝……

# 番茄拥有双重身份

□文/黄伟微

番茄是被大家所熟知的一种农作物，在日常生活中，它既是烹饪中的食材，又是调味料，同时很多人还将它当作水果来享用。可是，番茄到底是属于蔬菜还是属于水果呢？

首先，我们要找准蔬菜与水果的定义，《韦氏词典》告诉我们："水果通常是种子植物的可食生殖部位。"此外，《韦氏词典》还作出了更简单的解释："水果是长在植物上、能够将植物种子带到外部世界的东西。"这个定义包括了苹果、番茄等任何包含种子的植物部位。从科学意义上讲，黄瓜、胡椒、南瓜、牛油果都属于水果。相比于水果，蔬菜的定义就要模糊得多。通常，我们用这个词指代一大批具有可食草本部分（如根、茎、叶）的植物。

根据《韦氏词典》可知，蔬菜和水果的关键区别在于：蔬菜必须是植物的一部分或整体植物本身，而水果只是特定植物传播种子的方式。番茄并不是植物本身的一部分，就像蛋不是鸡本身的一部分一样。所以，番茄是水果吗？

"蔬菜"的概念并不是一种植物学分类，它更多的是属于烹饪食材。而与此同时，"水果"也可以是烹饪食材。《韦氏词典》写道："从烹饪食材的角度，水果被定义为'拥有带种子的甜果肉''主要用于甜点'的东西。"也就是说，从科学的角度来看，水果不必是甜的；但是从烹饪的角度来看，大多数人会将用于做菜的水果（如番茄）归类为蔬菜。

在美国，曾经因为番茄的定义问题引来了各方热议。在美国农业部的指导方针里，番茄被列为蔬菜，甚至连美国最高法院都曾介入过这个问题。1883年3月3日，美国颁布了新的关税法，规定进口蔬菜需要缴纳10%的关税，而进口水果则不需要缴纳关税。当时的纽约海关认为番茄是蔬菜，需要交税。然而，一位名叫约翰·尼克斯的商人却认为，根据植物学定义，番茄属于水果，不应该被征税。于是，尼克斯直接将海关税收员告上法庭，要求退还被强制征收的税。此案一直闹到了美国最高法院，直到六年后，法庭才做出最终裁定，将番茄列为蔬菜。

相比国外，我们国家没有太纠结这个问题。在国内，番茄被归为蔬菜类，但是在出口的时候，则是以“双重身份”——既是水果又是蔬菜进行出口的。

# 磷虾也能搅动大海

□文/侯美玲

磷虾属于甲壳类浮游动物，是许多经济鱼类和须鲸的重要饵料。磷虾有昼夜垂直移动的习性，夜晚会上升到水体表层，清晨则会下降到水面下。磷虾体型小，刚孵出的幼虫体长约0.5毫米，重约0.02毫克，成熟的磷虾体长约95毫米，重约8毫克。

磷虾是群居生物，在集体移动时，每只磷虾的头部都会朝着同一个方向排列，聚集不散，即使被航行的船只冲散，磷虾也能够快速聚集在一起，并且按照原来的方向游动。海洋中的磷虾常以百万数量聚集，形成数百米长的磷虾群，每天向上迁徙距离可达一千米。

以往的研究认为，能将丰富的地表水运送到海洋深处的因素有两个：风和浪。针对磷虾群有规律的游动现象，科学家产生了疑问：磷虾的游动是否会对海水的循环与混合造成某种影响？这种迁移是否可以将营养物质、微生物和热量向下输送？对于这样的疑问，很多人会嗤之以鼻，磷虾如此之小，何以能够撼动海洋？

斯坦福大学流体力学研究所的约翰·达比利决定寻找答案。达比利团队选取了和磷虾结构、体型接近的丰年虾作为研究对象，原因是它们适应盐水环境，游动时对盐水产生的湍流能够用纹影摄影方式予以展示。

研究人员制作了一个巨大的水缸，顶部装有蓝色发光二极管。水缸中装有两种不同浓度的盐水，以及13.5万只丰年虾。研究人员将丰年虾沉到水底，然后用蓝光进行诱导，以此形成丰年虾集体向上迁移的现象。通过颗粒示踪和纹影成像等方法，丰年虾游动时对水体的影响得以清晰展示。

实验结果显示，当13.5万只丰年虾一起向上迁移时，由于身体旋转角度一致，在基体效应作用下，水体会形成一个显著的向下流动，在垂直方向，两种浓度盐水的混合速度增加了1000倍。面对这一结果，达比利兴奋地说："作为微小的无脊椎动物，一只磷虾或丰年虾游动时对水体的搅动作用微乎其微，但它们集体向一个方向游动时，能够推动海水产生涡流。"换句话说，磷虾能够搅动大海。

有了以上研究结果，海洋科学家建议，将磷虾作为"能将地表水运送到海洋深处"的第三个因素。下一步，科学家准备将磷虾纳入海洋环流模型中，以便准确预测海洋在气候变化中的作用。

微小的磷虾之所以能够搅动广阔的海洋，是因为它们聚集在一起，且向一个方向同时用力。所以说，千万不要小看弱小的磷虾，在某些特定情况下，它们的力量让人震惊。

# 茄蒂，茄弟

□文/李丹崖

小时候，我们一般喜欢把茄蒂称之为“茄弟”。茄蒂上面长有刺，摘茄子时，它就会扎手，少有人去吃。通常人们是摘下来茄子，把茄蒂扔掉，然后去烹调。人们只知茄子的滋味之美，却忽略了茄蒂的美味，就像一户人家里只知有其兄，不知有其弟。所以，在皖北，我们一般情况下，把茄蒂称之为“茄弟”。

不过，“茄弟”叫起来倒是很亲切，似邻家少年一样。

小时候，从事中医行业的父亲就告诉我，茄蒂的作用大着呢。比如，人缺少维生素，或是上了火，容易口腔溃疡，这时候取茄蒂来煮水，服用后，可以很快治愈；再比如，若是后背生疮，取茄蒂十几只，同样煮水，服用后也可以消解后背的疮毒；将茄蒂烧焦，碾成粉末，可以治疗蛀牙之痛……如此种种，在《本草经疏》等典籍中，赫然在录。

茄蒂，应该是茄子的铠甲了。它用来保护茄子不被人轻易摘走，就好比母鸡护雏。也许是上面的铠甲和刺，能够穿越若干病毒，起到让人重返健康的作用吧。

如果把茄子比作一件艺术品，茄蒂就是茄子的把儿，拎着它，有一种“提纲挈领”的感觉。离开它，整个茄子都是滑的，容易失手。

茄子还有个好听的名字，叫“落苏”，很儒雅文艺的称呼。这一称呼在陆游《老学庵笔记》里有记载：“茄子一名落苏。今吴人正谓之。”为什么称之为落苏呢？这其中有一个典故。据传，吴越国王钱镠的儿子跛足，钱镠很爱这个儿子，容不得别人说一点点儿子的不好，而在吴地，“茄子”与“瘸子”读音几乎相通，为了避免尴尬，甚至招来杀身之祸，人们就把茄子称之为落苏。仔细品味，落苏又有一股武侠的气息，似是一位剑客的名字，这样想着，茄蒂就应该是这位剑客头戴的斗笠了。

茄子的种类很多，有紫色的，茄蒂呈墨紫色，有人称这类茄子为“黑将军”；也有茄子是紫色，茄蒂是青色的。更令人称奇的是，有一种茄子是雪一样的白色，茄蒂则是青色的，这类茄子像极了旧时的书生，一袭白衣，也像是《三国》里的赵子龙，一袭白袍，俊雅到迷人的地步，而那茄蒂，就是赵子龙征战沙场的头盔了。

茄蒂其实可以炒菜，味道也不错。而且经了热，见了油的茄蒂，绵软得一如香菇，吃起来别具一番风味。然而，这么好的一道菜已然被人忽略了。

这样说来，茄蒂是上得厅堂，下得厨房，救得了病人，杀得了痈疮，当真是万能的茄蒂呀！

# 蜜蜂飞起时

口文/王吴军

在一个平常的星期天，我回到老家西场村，到村外河滩上的田地里帮父母除杂草。忙了半晌，已经是汗湿衣衫了，我决定停下来休息一下，于是，我在河边松软的沙地上坐下，拿出水壶，一边欣赏四周有着乡野之美的风景，一边喝着水。眼前，河水匆匆流淌，流到前面汇成了一方清澈的深潭，然后挟着清脆之声奔向葱郁的远方。

看到眼前这诗情画意的美景，本来是再美好不过的事了，如果不是一只蜜蜂不知疲倦地围绕着我“嗡嗡”地飞个不停。那是一种在乡野中随处可见的、喜欢跟着人锲而不舍飞个不停的蜜蜂。我想也没想，毫不犹豫地就要把它赶走。

但是，这只蜜蜂毫不罢休，而是继续“嗡嗡嗡”地围着我飞。对于这样的骚扰，我实在是有点儿不耐烦了，于是一巴掌把它拍到了地上，然后，我用鞋子把它猛地踩进沙土里。

不一会儿，我脚下的沙土竟然动了起来，刚才围着我不停“嗡嗡嗡”飞舞的蜜蜂，竟然努力地扑闪着翅膀从沙土里钻了出来。这次我可决不能让它逃生，不然，它会继续围着我“嗡嗡嗡”地飞个不停。我站起身，使出我的全部力量，把它再次踩进了沙土里。

我再次坐下享受小憩的美妙时光。然而，不一会儿，我发现脚旁的沙土上微微有一些异动。那只受了伤，但是还依然活着的蜜蜂，竟然又慢慢地从沙土里钻了出来。

这只两次被我踩进沙土里的蜜蜂，竟然没有死！

我俯下身子，准备看看这只蜜蜂究竟伤到了什么程度。我发现，它右边的翅膀仍然完好，但是它左边的翅膀已经被沙土埋得非常皱了，像个揉皱了的小纸团。然而，它仍然慢慢地扇动着翅膀，仿佛在感受自己的伤势，同时，它开始清除附在胸部和腹部的沙土。它似乎把所有注意力都集中在已经非常皱的左边翅膀上。它的脚在上上下下地迅速扫动，想要把皱了的左边翅膀抚平。每抚平一次，它就把翅膀振动起来一番，好像要试试看自己能不能飞起来。

这只已经伤残得看上去似乎难以挽救的小蜜蜂，竟然以为自己还可以再次飞起来。它的体力似乎在不断地调整中而增强，而且它自我修复的速度也在不断加快，它那薄如轻纱一般，原本不能活动自如的皱了的左边翅膀，这时竟然已经近乎伸展开了。

最后，这只蜜蜂觉得自己已经相当有把握可以来一次尝试性起飞了。于是，它发出了很响的“嗡嗡嗡”声，振翅而飞使身体离开了地面。不过，它飞出地面才十多厘米高，就坠落到了沙土上，猛地打了一个滚。可是，它再次疯狂地抚平、振动自己的翅膀。

蜜蜂又飞起来了！

这一次，它的飞行高度比之前升高了几厘米才跌落下来。它刚才不断努力自我修复的翅膀显然已经能飞行了，只是还不能控制自己的飞行方向。它依然没有放弃，它像慢慢地琢磨一架陌生飞机的特性一样，试着进行短跳，可是，每次都以失败告终。但是，它每次跌落下来后都积极地再次尝试，拼命地纠正新发现的无法飞起来的缺点。

蜜蜂再一次起飞了。这次，它终于飞离了地面，直朝一棵小树冲过去，险些要撞上小树的时候，它放慢了前进的速度，打了个回旋，飞到平静如镜的河面上，慢慢地飘行着，似乎在欣赏自己在河水中的身影。

这只蜜蜂在我的眼前慢慢地飞远了，消失了。

# 那只青蛙再也回不了家

□文/朱永波

一款名为《旅行青蛙》的手机游戏风靡了全球，游戏里可爱的青蛙充满了人情味，你只要给它收拾好行囊，它就会自动出门远行，还会将旅行中的所见所闻拍成照片寄给你，只是贪玩的它什么时候回家，谁也不知道。然而，游戏中的青蛙再贪玩，它还是会回家的，但现实生活中，世界上最后一只巴拿马树蛙永远也回不了家了。

2005年，一种来自非洲的真菌——蛙壶菌开始在中美洲肆虐，当地的蛙类遭遇了灭顶之灾。科研人员在抢救巴拿马雨林的蛙类时发现了巴拿马树蛙。这种生活在森林冠层上的树蛙拥有棕色的眼睛和完全蹼化的脚掌，一旦遭遇危险，它们会利用其宽大的四肢和蹼化的脚掌从一棵树滑翔到另外一棵树，或者从十多米高的树上飞跃到地面逃难。

不幸的是，专家发现巴拿马树蛙时，它们已经元气大伤。为了挽救巴拿马树蛙，专家们带回了其中几只，分别送到了在饲养濒危两栖动物方面有着先进经验的机构。这些机构给巴拿马树蛙创造了和其故乡生存环境非常接近的环境，并尝试人工繁殖巴拿马树蛙，但均以失败告终。

人工繁殖失败后，人们只能祈祷野外的巴拿马树蛙能自己挺过这一关，把种群延续下去。然而，自从被世人发现后，这个种群的数量就在急剧减少，仅2006年，整个巴拿马树蛙种群数量就骤减了75%至85%。2007年以后，该地区再也没有发现过它们小小的身影。

2009年，亚特兰大植物园里饲养的一只雌蛙永远地离开了，它是世人所知的最后一只雌性巴拿马树蛙。三年之后，另外一只雄蛙离世。就这样，世界上仅存的三只巴拿马树蛙只剩下一只孤独地生活在亚特兰大植物园，园方给它取了一个名字叫“硬汉”。

“硬汉”无疑是世界上最孤独的蛙了，它的族群仅剩下它独存于世。不知道是内心的落寞还是愤恨，这只孤独的蛙从来没有鸣叫过。

按照蛙类的平均寿命来看，在人工饲养下活了10年的“硬汉”已经算是高龄了。或许是为了留下自己种群的声音，表示这个种群曾经来过这个世界，2014年年底，垂垂老矣的“硬汉”突然开始歌唱了。然而，这一曲蛙鸣也成了世界上最孤独的蛙鸣，因为能听懂它语言的同伴早已纷纷离世。两年后的秋天，这只孤独的蛙离世了，再也回不去它的家乡了。

巴拿马树蛙的灭绝成了人们心中永远的痛，从发现到灭绝，这种蛙仅仅在人们眼中存在了十几年。在这有限的时间里，人们只知道这是一种美丽的动物，它们由爸爸抚养长大，爸爸在树洞的水洼里给孩子们安家，并用自己的皮肤喂养它们。而且，孩子们拥有一位会飞的爸爸。除此之外，人们别无所知。

人们说，巴拿马树蛙灭绝的凶手是来自非洲的蛙壶菌。然而，蛙壶菌怎么会从非洲来到遥远的中美洲呢？现有的科学证据已经证明，全球贸易和运输等人类活动加速了真菌扩散的速度。

这样看来，这群可爱的巴拿马树蛙其实是死于人类之手，是人类的活动和对环境肆无忌惮的破坏，让已经在这个地球上存活了上亿年的巴拿马树蛙消失了。如果有一天，生态系统到了崩溃的边缘，这个星球只剩下了人类，人类能否独善其身？如果不能，唯一存活的那个人，是否也会像那只孤独的巴拿马树蛙一样，不想再说一句话？

# 苍蝇也懂高等数学

苍蝇之所以能躲过“追杀”，是因为它们懂高等数学。

# 梅花不急

□文/许冬林

梅花开得迟。梅花不急。

出门回家，我路过一棵蜡梅，正开花的蜡梅。蜡梅树的叶子几乎凋尽，只余一树的蜡梅花冷冷淡淡地开在嶙峋的枝干上，开得漫不经心。

迎着那冷香，我走近折了一枝梅花。回家后，我将梅枝插进淡绿色的细颈瓷瓶里。一下午，梅枝在书房里，幽幽地吐着香，像是低声部的吟唱，又带着点叙事长诗的味道，婉转，朴素。

冬天，在这不紧不烈的梅花香里，就此算是真正地开场了。

记得我少年时，外婆家的后院有一棵蜡梅树。蜡梅树是大舅栽种的，他爱养花，蔷薇、大丽菊、美人蕉、君子兰……实在是多。那时的我一去外婆家，就爱去那些花草边转悠。但对于蜡梅，我心里哂笑大舅的审美。蜡梅树看起来实在是貌不惊人，完全不像能演绎一段传奇的角色。

外婆家的后院，春天里，桃花、杏花闹哄哄地开着，气场盛气逼人，狗都安静得不嚷了。我那时常常仰面在树下，等花瓣落到我脸上来，而蜡梅树呢，只是在长叶子，叶子俗常得很，惹不起人的兴致。夏天，篱笆旁的木槿枝上眨巴眨巴地开起紫红色的花来。蜡梅呢，叶子倒是和木槿的叶子长得一样厚，可依旧寒门模样，片花不着。秋天，桂花树终于开花了，桂花的香充盈得一个村子都清甜起来，很有些五谷丰登的意味。

我闻着空气里满溢的桂花香，心想：蜡梅啊，你怎么办呢！就这样什么都不交代吗?

蜡梅树依旧缄默着,静静地立在后院,人家长叶子,它也长叶子,人家落叶子,它也落叶子。它如何知道,一个小女孩已经在逼视它,逼视它生长的意义,怀疑它存在的价值。

可是,蜡梅不急。它依旧安然地走着自己的时令。

不记得是在哪一阵冷风里,我忽然闻到了花香。好奇地寻到后院,我看见落光叶子的蜡梅树上,有黄色的花朵打开,三朵、两朵、三朵,像是各开各的,又像是呼应着开。更多的是花蕾,一粒粒的,像攥紧的小拳头。

梅花到底还是开了!

我站在蜡梅树下,闻着冷香,觉得这香味沉实。若能把花香拿到秤盘上称称,梅花的香一定比桃花、杏花的香要重。

实在,梅花担得起这传说!

梅花的传说,是一段用低声部在民间吟唱的传说,初听平淡,细思感怀。

有些人的人生,其实就是一段梅花的传说。

梅花在成长的过程中,一定遭遇过漠视,遭到过嘲笑,遭受过排挤。就像我对待外婆家后院的那棵蜡梅,我无视过它的存在,哂笑它不会开花,我甚至建议舅舅砍掉它,好让芍药、海棠们喧哗地开。

但是,梅花没有抱怨,它依旧静静地生长,笃定地伸展枝干。它只有一个信念:我要生长,生长,生长——长高,长粗,长得根脉深深扎进宽广的土地,长得枝叶可以涨满一座院子……

直到长得所有的花都开过了,长得所有的叶都凋尽了,梅花才长舒一口气,开了。

顶风冒雪,寂静盛开。一朵花一盏雪,一树花一树雪,即使开得肝胆欲裂,也是寂静盛开。

苦难太深长了,所以,当最后一展芳华独自绽放的那一刻,梅花是静穆的。

苦难太深长了，所以，梅花已经习惯低调，已经懂得从容，已经能稳稳地沉住气。最后，当天地将一年的光阴交给它来压轴收梢时，它已无意哗众取宠，无意显摆炫耀。

楼下的梅花，依旧在漫不经心地盛开，漫不经心地零落。进出社区，我常常会路过它，我默然走过，觉得自己心上也开着一枝冷梅。我心上的这枝梅，也没有委屈，没有抱怨……只有不急。

# 采采卷耳，不盈顷筐

□文/孙丽丽

一听到苍耳子的名字，我鼻间萦绕的全是植物汁液的青涩和清香。

小时候，我和小伙伴们一起挎着篮子去割草，每次从田野里归来，裤脚上总会或多或少地粘上苍耳子。有时小伙伴们疯玩，还会把苍耳子偷偷地放在对方的头发上，摘也摘不掉，扯也扯不开。等把苍耳子硬生生地扯下来，秀发也被扯下一小缕，疼得掉滴泪。苍耳，勾住了一些纯白精致的岁月。

春天三四月间，苍耳芽从土里冒出来了。新生的苍耳是一簇新绿，细小的枝茎上，拖着一个个鲜翠欲滴的小刺儿球，走过去轻轻地将它拔起，一股泥土的清香扑鼻而来。谁能相信，满身刺儿的苍耳子，年轻时竟是这般惹人怜爱啊！

苍耳多生在长满杂草的荒地里，或者无人耕种的路边空地上，所以苍耳成了无人问津的孩子，肆意地生长，再怎么贫瘠的土地它也能扎下根来。一开始，它呈卵状三角形的叶子是鲜嫩光滑的，然而时间一长，叶子和茎秆就越来越粗糙了，叶子的两面都长出糙伏毛，叶柄也密生细毛。苍耳总是那么壮实，就像那些穷苦人家的孩子，没怎么费心，倒是能茁壮地成长。几场雨后，苍耳就长得老高了。

深秋时节，瓜果归仓，路边、沟畔、地头、荒坡，生长着一丛丛、一株株苍耳，在秋风里瑟瑟抖动，像是黄色的蝴蝶抖动着薄薄的翅膀。它们粗拙的茎上顶着宽大的三角形叶片，蔫不拉叽的，消尽了青春的色貌，显得苍黄颓废，满身尘垢，恹恹倦态不禁让人想到饱经沧桑的老人。

苍耳子很小，身上缀满了毛茸茸的小刺儿，有着极强的粘附性，不管是动物的皮毛，还是人的衣物，它都能轻而易举地粘上，绝不脱落。就像一个无主的孩子，紧紧地拽住大人的衣角。人们把它带到哪儿，它就在哪儿生根发芽，繁衍生息，苍耳子有着独特而强悍的生存之道。

每一种植物，都有自己独特的生存本领，如蒲公英的种子带着小伞儿，四处飘飞。苍耳子自己不会行走，但它的种子能行走到很远的地方，因为它在不经意间会粘住人或动物。苍耳是懂得借力的植物，如同每个成功者都懂得借力。

苍耳子这种毛糙的植物，还是一味中药。《千金·食治》里记载："味苦辛，微寒涩，有小毒。"苍耳子的刺，尖而长，但作为药材后，刺就变得钝而短。古人喜用中草药入诗、入谜、入联，若将苍耳子当上联，下联就是白头翁，恰好两味药。

《辞海》里关于"苍耳"的解释很详细：它属菊科，一年生草本，春夏开花，果实呈倒卵形，有刺，易附于人、畜体上到处传播，荒地野生，在我国分布很广，茎皮可提取纤维，植株可制农药，果实称"苍耳子"，可提工业用的脂肪油，中医学上果实可入药，主治风湿痛，茎叶功用相似。无论是茎、叶、果无一不可利用，不由让人惊叹，在荒郊路边随处可见的苍耳子，竟有这么多的利用价值。

苍耳！苍耳！多么美丽的名字，我称它为"植物刺猬"。我曾在一本童书里看到一张插画，一只小兔子身上挂了许多的苍耳子，苍耳子被带到遥远的地方，落地，生根，生长。

"采采卷耳，不盈顷筐。嗟我怀人，寘彼周行。"《诗经》里的苍耳，是那站在原野上把自己站成一棵树的思妇，那眼神似乎望穿秋水，那浓浓的思念如那葳蕤的草木，如苍耳子周身密集的尖刺儿，一心钩住远行的良人。

# 妈妈的心呀，鲁冰花

□文/张　琼

“天上的星星不说话，地上的娃娃想妈妈。天上的眼睛眨呀眨，妈妈的心呀鲁冰花……”一首《鲁冰花》让很多人记住了鲁冰花这个名字，加上同名电影《鲁冰花》的影响，人们亲切地称鲁冰花为“母亲花”，但是有很多人不清楚鲁冰花究竟为何物。

鲁冰花原名羽扇豆，是一种豆科植物，含有根瘤菌，可以固氮。在还没有化肥的时候，勤劳的茶农发现路边的这种植物可以帮助茶树生长得更好，那时，人们简单地称它为“路边花”。后来，作家钟肇政在写以客家茶农为题材的小说时，为了增强这种植物的艺术性，将其更名为“鲁冰花”。

我们如今可以看到花色丰富的鲁冰花，源自一位园丁二十多年的坚持。1911年，55岁的园丁乔治·罗素在雇主家花园里看到一种花色为蓝色、白色的宝塔外形花朵，他十分好奇地问雇主那是什么花，雇主告诉他：“它叫羽扇豆，是从北美洲进口的种子。”罗素接着问：“它还有其他颜色吗？”雇主回答说：“目前还没有培育出其他颜色的花朵。如果你有兴趣尝试一下，这里还有一些剩下的种子。”

就此，罗素走上了培育鲁冰花的道路，他下定决心不但要培育出花色丰富的花朵，而且要让人们从各个角度都无法看到它裸露的花茎。他每天工作二十个小时，持续了二十年之久，终于在自家的花园里种出了随意一瞥都没有花茎且拥有彩虹版的多色鲁冰花。

不过最初的时候，罗素将这些种子藏了起来，拒绝任何人购买，直到1935年，詹姆斯·贝克的出现才打破了这一僵局，他严肃地告诉罗素："自私会让你把精心繁育多年的鲁冰花连同你的骸骨一同带进坟墓。"这才让罗素放下固执。在1937年的花展上，罗素的鲁冰花不但夺得冠军，而且罗素开始以1先令12粒种子的价格向人们出售种子，并给种子起名为罗素·鲁冰。

20世纪80年代，芭芭拉·库尼出版了一本名叫《花婆婆》的绘本，绘本以鲁冰花牵引全书，而书中的主人公爱丽丝就是被人称作"鲁冰花夫人"的康妮·科斯特。

1952年，生活在新西兰南阿尔卑斯山麓下的康妮·科斯特与丈夫经营着一家牧场，一家人其乐融融。唯一闹心的就是科斯特夫人的几个孩子总是抱怨去往学校的路上太孤寂、太荒凉。科斯特夫人想起有一次看到关于鲁冰花的报道，五彩缤纷的小宝塔十分好看，她想，如果在路旁种满鲁冰花，孩子们一定不会觉得孤单。虽然价格昂贵，科斯特夫人还是瞒着丈夫从国外邮购了鲁冰花种子，然后带着孩子们将种子播撒在了路边，孩子们路过的时候总会顺带给种子、幼苗浇水。等到花期来临的时候，路边开出了一丛丛颜色各异的鲁冰花。鲁冰花的种子一旦成熟，就会从豆荚中蹦出散开，然后自发生长成新的鲁冰花。

有一次，科斯特的丈夫路过时感到十分惊讶，回家之后对科斯特说："你知道吗？在我回来的路上有一片花海，开着五颜六色的花儿，美丽极了！上帝一定是觉得阿尔卑斯山麓太单调，于是给了它一片花海。"孩子们听到之后，开心地说："爸爸，妈妈就是那个播撒种子的上帝。"若干年后，路边花变成了一片令人流连忘返的花海，康妮·科斯特也长眠在花海中。来这里的游客听闻花海故事，亲切地称这种花为"妈妈花"，用来纪念这位母亲。

# 海洋系统的"整容师"

□文/柳　静

鲨鱼，是海洋中的庞然大物，也是食肉类的凶猛鱼类，号称"海中狼"。可是，最近它被贴上了"整容师"的标签，因为它可以改变海洋中很多鱼的眼睛和尾鳍的尺寸。听到这里，你是否感到十分惊讶呢?

原来，在海洋系统中，许多小鱼都有着较大的眼睛和有力的尾鳍，帮助它们及时发现并快速躲避鲨鱼的攻击与吞食。尤其是在鲨鱼出没捕食的低光环境下，一定尺寸的尾鳍可以保证鱼类突然加速游动，以此来逃离鲨鱼的追捕。但是，在2018年1月，西澳大利亚大学等机构研究人员研究发现，近年来由于人类对鲨鱼的大量猎杀，导致多种鲨鱼濒临灭绝。鲨鱼数量的减少，使得其他鱼类的生存得到了暂时的和平安稳，它们的形态也正在发生明显的改变，如眼睛变小、尾鳍变小。因此，鲨鱼就成了海洋系统里的"整容师"，悄悄地改变着其他鱼类的样貌和体型。

研究人员对澳大利亚西北海域罗利沙洲和斯科特礁两个珊瑚礁系统中7种不同的鱼类专门进行了对比分析。这两个珊瑚礁有着相似的自然环境，但不同的是，罗利沙洲禁止捕鱼，鲨鱼数量比较稳定，而斯科特礁允许对鲨鱼进行商业捕捞，且已经持续了一百多年。研究人员分别在两个珊瑚礁海域进行了采样捕捞，并测量出了所捕捞鱼的体长、体宽、眼部和尾鳍大小。结果发现，与罗利沙洲的鱼类相比，斯科特礁同种鱼类的眼睛尺寸小46%，尾鳍尺寸小40%。

这次的研究发现，人类捕捞鲨鱼使其数量减少会造成一系列生态后果，小鱼的眼睛及尾鳍尺寸等发生变化仅仅是一个方面。其实，鲨鱼数量的减少还正在悄悄地影响着其他海洋生态系统。

首先，鲨鱼数量的大幅度减少，那些体弱多病、基因突变导致畸形的鱼就不会及时被消灭，进化的优胜劣汰也不能更好地延续下去。那些没有被吃掉的弱鱼、病鱼就会一直繁殖下去，直到基因退化，这不利于种群的健康发展，对整个海洋生物多样性、优化性将是一个致命打击。

其次，鲨鱼数量的大幅度减少，那些以浮游生物为食的海洋动物的数量就有可能增加。由于全球70%的氧气来自海洋中的浮游生物，浮游生物的数量一旦大量减少，就可能导致全球供氧不足。

最后，鲨鱼数量的大幅度减少，将使海洋生态环境无法正常维持，水质环境会进一步恶化。因为，鲨鱼是海洋系统名副其实的“清道夫”，它可以通过清理腐烂的大型海洋动物尸体，如鲸、鲟、海豚等，来净化海洋生态环境。

由此看来，鲨鱼在保持海洋生态系统平衡中扮演了至关重要的角色，称它为海洋系统的“整容师”一点儿也不为过。

# 像地衣那样去爱

□文/韦　来

地衣是一种极为普通的生物，丛林荒山、房前屋后都会有它极不起眼的身影。地衣其实是真菌和藻类的共生复合体，菌和藻像是一对相爱的恋人，长期紧密地结合在一起，这才在形态结构、生理遗传上形成了一个单独的固定有机体。我觉得完全可以用舒婷的《致橡树》来歌颂它们坚贞的感情。

“我们分担寒潮、风雷、霹雳，我们共享雾霭、流岚、虹霓。仿佛永远分离，却又终身相依。”这不正是真菌和藻类在艰难的环境中，相互依存、同甘共苦的写照吗？地衣非常耐寒和耐旱。高山绝顶、裸露岩石、沙漠里、树皮上都能成为地衣的栖息之所，就连在北极冻土、南极冰面这样的不毛之地，它也能顽强生长。在干燥的环境下，地衣可以休眠，等待雨后复生。在自然情况下，构成地衣的真菌和藻类的共生复合体是不能独立生活的。真菌可以从外界吸收水分和无机盐，提供给藻类伴侣，并将藻体包裹在其中保护起来，避免强光直射导致藻类细胞干燥死亡；藻类含有光合色素，能进行光合作用，为真菌提供营养，两者互相依存，不能分离。

“根，紧握在地下；叶，相触在云里。每一阵风过，我们都互相致意，但没有人，听懂我们的言语……坚贞就在这里，爱——不仅爱你伟岸的身躯，也爱你坚持的位置，足下的土地。”确实，地衣身材没有树木高大，颜色不如花儿艳丽，很多人不懂得，其实它们也在默默地为地球作贡献。生长在岩石表面的地衣极具开垦拓荒的精神，它能分泌腐蚀性很强的地衣酸，使岩石表面逐渐龟裂，再加上自然的风化作用，岩石表面逐渐会形成土壤层，这就为其他高等植物的生长创造了条件，地衣也因此被称为“先锋植物”。

“你有你的铜枝铁干，像刀，像剑，也像戟；我有我红硕的花朵，像沉重的叹息，又像英勇的火炬。”这些诗句似乎告诉我们，感情其实是求同存异的，双方不可能是完全一样、完全平等的，要想长久相处，必定离不开相互包容和体谅，只有这样，才能坚持下去。地衣虽然是真菌和藻类的共生复合体，但是两者各有特性，它们的共生地位并不是对等的，受益多的是真菌。它们的繁殖方式也不一样，地衣中的藻类主要以细胞分裂方式进行营养繁殖，有性生殖仅由共生的真菌进行。

“我如果爱你，绝不学痴情的鸟儿，为绿荫重复单调的歌曲；也不止像泉源，常年送来清凉的慰藉……”这似乎是在告诉我们，真菌和藻类的共生，不仅仅是为了感情和生存，它们俩还有崇高的追求，要为人类作贡献，这和地衣的科学价值、经济价值完全吻合。

地衣喜欢新鲜空气，对大气污染十分敏感，因此可作为大气污染的指示植物。它所分泌的地衣酸有百余种，其中不少具有较强的抗菌能力，可提取抗生素。近年来，研究人员还发现多种地衣多糖具有抗癌作用。另外，地衣还可以作为工业原料，如染料衣属的地衣可用于提取染料，石蕊中提取的石蕊色素很适合制造酸碱度定性试剂。

在如此艰难的生存状态下，真菌和藻类共同谱写了一曲卓绝的情感赞歌，它是两颗孤独心灵的机缘巧遇，是两个灵魂的水乳交融。像地衣那样去爱吧，找到与自己共生的另一半，相依相偎，不离不弃。

# 稀瓜，西瓜

□文/王思宇

每到炎热的夏季，西瓜便会大量上市，据不完全统计，中国目前西瓜的年产量约7294吨。炎炎夏日，来一块甜美的西瓜消暑解渴，已是再平常不过的事情。

对于古人到底是何时吃上西瓜的这个问题，史学专家和农学专家的观点不尽相同，关于西瓜的身世，大体有两种说法。

第一种是源于神农氏尝百草的传说，这种水多肉稀的瓜，最初被称为稀瓜，相传神农在尝百草时发现了稀瓜，后来传着传着，它的名字就变成了西瓜。在《诗经·豳风》里的《七月》一诗中有“七月食瓜，八月断壶”的说法，但“稀瓜”和“七月食瓜”所说的“瓜”是不是现代的西瓜，并没有确凿的史籍记载和实物证明。

另一种是认为西瓜并非源自中国，而是产自遥远的非洲，原是葫芦科的野生植物，后经过人工培植成为食用西瓜。早在遥远的四千年前，埃及人就开始种植西瓜，后来逐渐北移，由地中海沿岸传至北欧，而后南下进入中东、印度等地，到了四五世纪时，因为它从西域传来，所以就有了“西瓜”这个名字。

西瓜是神农尝百草时发现的，还是“种出西域”的呢？流传较广的是第一种，但较为可信的是后者。

明代时期的科学家徐光启在著作《农政全书》中记载：“西瓜，种出西域，故之名。”同朝代的李时珍也在《本草纲目》中记载：“按胡娇于回纥得瓜种，名曰西瓜。则西瓜自五代时始入中国；今南北皆有。”这是文献上关于西瓜来历的相关记载，但一直没有引起人们的注意，直到1976年，广西壮族自治区贵港市西汉墓椁室淤泥中发现了西瓜籽；1980年，江苏省扬州市西郊邗江区汉墓随葬漆笥中发现了西瓜籽，而墓主人则卒于汉宣帝本始三年（公元前71年）。这样的历史证据，无可辩驳地证明了李时珍记载的可靠性。

至此，西瓜从五代时期由西域传入中国的说法，也就成了定论。

西瓜在中国历史长河中留下的痕迹不止有文字，还有图画。直到今日，人们所能确定中国古人最早“吃西瓜”的画面，是在内蒙古辽代墓葬壁画上发现的，距今已有近千年的历史。

1995年秋天，三座辽代古代墓葬被发现，清理发掘后出土了很多珍贵文物。令人惊喜的是，在一号墓室的东壁墓主人的《宴饮图》上发现了三个“西瓜”。当时包括墓主人在内的契丹贵族的生活方式相当讲究，食用果品非常丰盛。壁画内容与《辽史》中所记载的契丹皇家、贵族喜欢用水果佐饮的饮食风尚是吻合的。

早年间，西瓜是属于贵族消费的夏季奢侈品。那么，普通老百姓是从什么时候开始吃上西瓜的呢？这要感谢一位名叫洪皓的南宋官员。

南宋时期，洪皓深受宋高宗赵构的赏识和信任，临危受命，以礼部尚书的身份出使金国，希望求得宋金和平，迎回被掳的徽、钦二帝，但不想自己被金人扣留长达十五年之久，直到绍兴十三年（公元 1143年）才得以回到南宋。关于洪皓和西瓜的事情，在他撰写的《松漠纪闻》中有记载：“予携以归，今禁圃乡囿皆有。”意思是回来的时候，洪皓带回了金人种植的西瓜种子，以皇家特供菜园为起点，扩散到整个江南地区。

此后，西瓜便走进了千家万户，成为中国人在夏天不可缺少的记忆。

# 是谁欺骗了蜻蜓

□文/袁则明

在平静的水面上，蜻蜓款款飞旋，不时会把细长的尾巴弯成弓状伸入水中，这就是蜻蜓点水。蜻蜓点水被人们嘲讽形容为做事肤浅，其实这是雌蜻蜓极其认真负责的产卵表演，它通过尾部的产卵器把卵排到水里，并在孵化和多次蜕皮后，羽化为成虫。几亿年来，它们就是依靠这种方式繁衍延续，生生不息。但随着人类社会的发展，人们发现蜻蜓的数量正在逐渐下降，尤其在城市里更是少见。

从表面上看，农药和化学物污染了水，城市建设减少了蜻蜓的栖息地，蜻蜓的家族才难以人丁兴旺。但实质上，还有一个重要因素，那就是人类欺骗了蜻蜓的眼睛和情感。

蜻蜓是世界上存在生长眼睛最多的昆虫，3只单眼中有数不清的“小眼”，看物体时每只“小眼”只看其中一部分，并依次把各个部分快速镶嵌成一个物像，就像堆积木一样。它们不用转头，就能看到身边上、下、左、右、前、后的任何物体，且反应速度极快。但这种眼睛有一个缺陷，就是不能调节聚焦，看不清楚远处的物体。那么，蜻蜓在山林草丛里捕食后，又如何去找远处的水源进行繁衍生殖呢？蜻蜓的祖先们摸索到了一种绝佳的方法，就是沿着一种光线去找水，且屡试不爽。于是，这种方法就成了它们代代相传的绝技。

阳光虽然是多种偏振光的混合体，但经过水面过滤后反射出的基本上是水平偏振光，这种光会让人觉得刺眼，而在蜻蜓眼里却是水的信号，一种繁衍后代的希望。水平偏振光有高度和低度之分，水深的地方属于高度偏振。为了后代安全，蜻蜓会把卵产在高度偏振的深水处。

在人类出现前，基本上只有水才会发出水平偏振光，但随着人类社会的发展，蜻蜓这种找水的方法越来越不灵了，因为能发出这种光的人造物越来越多，如太阳能板、玻璃墙面、汽车玻璃、柏油路面，还有水平的黑色墓碑等。也就是说，这些物质反射的光欺骗了蜻蜓，使它们将这些人造物看成了深水的信号，繁衍下一代的希望只能错付了。

当然，如果蜻蜓能发现上当受骗，及时总结教训，那么问题也不大。但它们只认宝贝不识物，对祖传绝技执着、执迷的习性，成了它们逐渐减少的另一个重要因素。

2007年，匈牙利一位生物学家发现，一只停在墓碑上的蜻蜓，任你如何驱赶，最终还是回到原地，墓碑犹如它崇拜的图腾一样。这种对又黑又滑物体的迷恋现象，生物学家称为偏振束缚效应，也就是领地意识。它不仅会赶走其他蜻蜓，还会把这个地方当作圣巢，生儿育女。

更严重的是，有些地方不但成了蜻蜓宝宝的屠场，还会让蜻蜓性命难保。如美国的天然沥青坑和科威特的石油湖，就能通过反射发出水平偏振光，让无数蜻蜓着迷，但不见一只飞回。鸟类和其他动物发现那里有蜻蜓等美食，自然会去捡便宜，于是形成了恶性食物链。

除了蜻蜓之外，还有很多水生昆虫也依靠水平偏振光找水源，如蜉蝣、石蛾、石蝇、虻等，还有一些脊椎动物，如棕硬尾鸭、普通潜鸟、褐鹈鹕等。人造水平偏振光能否让一个物种灭绝，目前还没有明确的说法，但其对水生动物来说确实是一个生态陷阱。

# 一头来自清朝的弓头鲸

□文/侯美玲

弓头鲸又叫格林兰露脊鲸，是唯一生活在极地环境的须鲸，已知的五个种群主要分布在北半球寒冷水域。

弓头鲸的名字来源于那巨大而独特的弓状头颅，在进食、社交、求偶或长距离迁移时，它会发出一些长而重复的音调，这些音调非常好听，就像音乐一样悦耳。弓头鲸天生拥有一副“金嗓子”，嗓音浑厚，音域广阔，无论是十几赫兹的低音，还是五千赫兹的高音都可以轻轻松松地完成。

弓头鲸属于迁徙鱼类，每年冬季都要从温度低的海域迁徙到温度略高的地方。春季温度升高、海冰融化时，弓头鲸就会原路返回，此时，正值鱼类繁殖的季节，为了吸引异性的注意，弓头鲸会一路高歌猛进，整个海面充满了优美、高昂的歌声，非常壮观。

弓头鲸身体肥胖，导致它的游泳速度缓慢，很容易成为人类的猎物。因纽特人是唯一被允许捕杀少量鲸鱼的人类，弓头鲸是他们的重要食物和油脂来源。过度商业捕杀会导致弓头鲸数量的锐减，种群濒临灭绝。20世纪初，人们监测到弓头鲸的数量约有5万头，到了21世纪初，监测到的弓头鲸不足20头。过度捕杀，加上繁殖速度缓慢，科学家对弓头鲸的未来充满了担忧。

为了保护弓头鲸，科学家和动物保护人士做了很多努力，比如出台法律条文禁止商业捕杀、呼吁人类善待弓头鲸、在弓头鲸出没的海域巡逻等。

除此之外，有些科学家还加入了研究弓头鲸的行列，为弓头鲸物种的延续寻求更多途径。科学家在挪威海域安装了很多录音设备，用以监测弓头鲸数量。不久前，好消息传来，仅在一个观测点上，录音设备就接收到了66首完全不同的歌声，也就是说，这个种群至少有66头弓头鲸的存在。

科学家通过声音进行跟踪，用直升机向弓头鲸发声地点投放定位装置，最终监测到一个庞大的弓头鲸种群，大约有两三百头。这个消息足以让为弓头鲸操碎心的科学家们感到振奋，人们似乎看到了弓头鲸的美好未来。

大部分鲸的寿命在50岁左右，但弓头鲸是个例外。弓头鲸的眼睛构造比较特殊，通过仪器可以测算出它的年龄。在一个独立种群中，科学家发现约有百分之五的弓头鲸超过了100岁，160岁到180岁的弓头鲸也不少，个别弓头鲸的寿命超过了200岁，堪称动物界的长寿之王。在这个种群中，一头雄性弓头鲸的年龄为211岁，也就是说，这头弓头鲸来自于清朝嘉庆年间。

这头来自清朝的弓头鲸有一副圆滚滚的身体，体重约190吨，背部脂肪厚约70厘米，仅一条舌头就重达1吨，妥妥的“肥宅”一个。如此肥胖的身体居然能长寿，这足以改变人类对于肥胖的认识。

研究发现，弓头鲸之所以长寿，一方面，是因为它们生存的环境非常寒冷，新陈代谢速度缓慢；另一方面，是因为弓头鲸身体里有一种抗癌基因，能够快速修复受损基因，从而保证身体健康。弓头鲸身上的抗癌基因为现代医学提供了研究方向，也为人类破解长寿密码奠定了基础。

硕大的弓头鲸没有牙齿，只有类似于牙齿的骨板，帮助它们过滤海水中的食物。相较于凶残的鲨鱼，弓头鲸主要以磷虾和浮游动物支撑庞大的躯体，听起来是不是很“佛系”？

# 一起“吸猫”否？

□文/欧阳晨煜

你是否发现了，猫的活动区域正在渐渐扩大。从落霜的房檐到温暖的居室，甚至在咖啡浮沫上映出自己新雪般的身躯，或是与文学结缘，被恭恭谨谨地请进作家的书页里，于封面处，探出琥珀一样的眼睛。

若你否认，那便起身去城市里最特殊的咖啡馆，到那笼罩着猫的气氛的地方去逛逛吧。人们称它为猫咖，是你生活周围一种最小却最仿真的动物园。在那里，猫不被笼养，可以和人们肆意社交，炒热同一片空间。你看到人们对猫展开了各种亲昵的行为，轻碰鼻尖，长久柔软的抚摸，此起彼伏的赞美，甚至禁不住使劲地嗅猫，流露出和细嗅蔷薇一样的陶醉之情。不必惊讶，那是人们在进行愉快的“吸猫”。

“吸猫”，是一种可爱的欲望。从字面意思来看，它形象地模拟出了主人以最深情的吸气来迎接猫身上香甜气味的动作，也泛指极度喜爱之情，和猫产生的花式亲密互动。你一定以为，肢体接触是“吸猫”中最关键和最具吸引力的环节，然而，网络社交媒体的出现，使吸猫腾空于虚拟空间，并衍生出了一种名为“云吸猫”的文化。

“云吸猫”，顾名思义，是借助网络媒体实现的一种远距离视觉享受。它的产生，起初源于无奈的现实状况。由于高层住宅空间的限制，合租情况的普遍，独立饲养动物成了一种奢望。很多年轻的爱猫族只能在网络上表达自己对猫的极致喜爱。爱猫人士们通过接触和观看有关猫的可爱萌照、有趣视频，感性细胞被深深戳中，获得心灵上的满足，最终达到了一种精神愉悦。

这样的“吸猫”享受，是有科学依据的。生物学家研究了猫的吸引点，发现它轮廓圆润的脸、软糯的叫声、大大的眼睛和五官比例都是与人类婴儿共有的特征。更令人不可思议的是，这种圆圆的脸可以快速激发人类的保护欲，这个特性被科学家称为“可爱回应”。进一步来说，猫会启动人类的“养育脑”，让人类产生微妙的类亲子关系，这种积极阳光、亲密无间的感情，会让“吸猫”的过程更为愉快、舒适。

就这样，由猫带来的澎湃快乐，像液体一样，一旦倾翻就汩汩流淌，大面积浸润，而猫也成为都市里一个温情的出口。这个毛茸茸的出口，不仅渡过了众多狂热的猫咪爱好者，还渐渐有了更多急需被“治愈”的人排队通过。他们或是被社会规则过紧束缚、难以放松，希望通过“吸猫”寻求一种肆意的呼吸；或是交际关系冷漠疏离，期望一个被柔软包裹的瞬间；或是缺乏安全感，贪图和猫亲密接触的情感依赖和存放。而这些症状，在容易相处又富有神秘感的猫身上，几近都得到了恢复和治愈。

猫像一剂药，有助于驱散负面情绪，给人惊喜感。于是，“吸猫”就成了恰当的“服用”之举，效用是弥补当代人的社交缺失，帮助兴趣相投的人们迅速聚集，并获得群体认可。最重要的是，长期“服用”可以更好地投射人类的感情，迎合人们追求自由独立又平和慵懒的社会心理，引发情感上的共鸣与依赖。

而猫不仅可以疗愈人们的情感和精神，还可以疗治经济。在日本涌动着的一个新词“猫咪经济学”说明了一切。在日本和歌山县的贵志车站附近，生活着一只名叫小玉的流浪猫。由于贵志川线一直经营惨淡，很快就接到了市政府的拆迁令，而小玉母女的猫舍就在铁路附近。铁路经理在看到小玉乞求般的楚楚眼神后，心生怜悯，为它寻找留在此处的理由，最终安排小玉在已经解雇了所有站内人员的车站里担任站长。作为报酬，电铁公司赠予它一年免费的猫粮和一个护身符。这听起来像是苦难故事里的一个玩笑，然而，小玉真的上岗了。它戴着电铁公司的帽子，昂首走到月台上，欢迎着寥寥无几的游客，神气无比。这种奇异的景象很快就吸引了越来越多的游客，使得原本破败的贵志车站客流量逐日增加，甚至有游客不远万里赶来乘坐电铁，只为一睹小玉的风采。顺着这个趋势，电铁公司请来设计师将贵志车站设计成了猫的主题，并打造了款式特别的小玉电车。气宇轩昂的猫咪小玉赢得了无数的粉丝，本来面临拆毁的车站在短短一年里起死回生，小玉成功地拯救了它。

所以，“猫咪经济学”意指不管经济多么困难，大众对猫及相关衍生品的热情永远高涨，只要失意的商家用对了猫，就能得到巨大的关注，使经营重回景气。而渐渐地，热爱“吸猫”的人也在无形中构建了一种“猫型社会”，它表现为一种自由、宅，缺乏斗志和精致利己主义的氛围。也就是说，人们因为“吸猫”越来越安于现状，寄居在自己舒适的臆想区不愿走出去，最终感染了猫的性格，变得高冷，孤立地局限于狭小的圈子里。

在了解过“吸猫”的“服用说明”后，我们才知道，适度“吸猫”有益于身体健康，能够养成温暖可人的性格。而过量“吸猫”，容易产生慵懒或孤傲的不良反应。所以，一起“吸猫”否？

# 在雨中避雨

□文/舒银霞

一场大雨即将来临，人们就近躲避在屋檐下，有些鸟兽则赶紧钻入自己的巢穴，还有一些鸟兽并不怕下雨，它们就在雨中避雨，呆呆地立着，像是被施了魔法一般，一动不动。

在微博上有这样一段视频：英国一男子在湖区国家公园附近度假时，发现了雨中一群静止的羊，仔细一看，羊虽然身体没有动，但偶尔会低下头吃草，耳朵也在动来动去，像在聆听四周的动静。

这段视频让人想起电影《百日告别》。在电影中，羊群在新西兰的山谷中遇到了大雨，由于羊毛吸水，它们承受不住雨水的重量，倒地不起。于是，有人在雨天开着直升机来到山谷，扶起那些倒在地上的羊，他们是职业“扶羊人”。

电影中多少含有想象的成分，但羊在雨中避雨，确是千真万确。原来羊表面的羊毛上有毛鳞片和油脂，下雨时，羊站着不动，雨水就可以顺着表面的羊毛流下来，减少羊自身被淋湿的面积。只要雨不大，即使羊表层的羊毛湿了，厚厚的内层羊毛依然能保持干燥，依然暖和。如果羊跑动起来，雨水反而更容易流进羊毛与羊毛的缝隙中。如果雨水很大，羊毛吸水过重，那羊儿们就只能被迫“发呆”了。

正因为羊毛具有天然的防水性，所以传统的蒙古包就是利用羊毛制成的羊毛毡搭建的。据说，斑马、大象、长颈鹿等动物遇到下雨，甚至是瓢泼大雨时，也会一动不动地站在原地等候雨过天晴。在沙漠中，骆驼洒脱地甩动身上的雨水，这被看作是快要停雨的标志。日常生活中的猫和狗也会在雨后抖动身体，使得水珠四处飞溅，快乐不已，这些动物的毛虽然没有羊毛厚实，但也是油光水滑的。

“落花人独立，微雨燕双飞”，下小雨的时候，不仅是燕子，我们还能看到其他鸟儿在雨中飞翔，它们难道就不怕羽毛被打湿吗？是的，鸟儿不怕雨水，因为它们穿着“防雨衣”呢。鸟儿身体表层的羽毛多呈片状，如果放大观察的话，就能看到更加细小而有规律的结构，如果缩小看，这些羽毛又像屋顶的瓦片一样，层层叠叠，排列整齐，这些特征使得它们的羽毛易于导水。于是，鸟儿会在下大雨时站在一个地方尽量保持不动，让雨水自然地顺着羽毛外表流下去。

鸭、鹅、鸬鹚、海鸥等水鸟一年四季在水里玩耍，羽毛却从来不会湿，原因是鸟类的尾部皮肤有特殊的衍生物——尾脂腺，其分泌物中含有丰富的油脂和维生素D前体物质。经测试分析，尾脂腺分泌物中的麦角固醇，在羽毛上经日光紫外线作用能转化为维生素D被皮肤吸收，这样可以使羽毛不透水，保持光泽鲜艳。当鸟儿梳洗时，会用嘴巴啄擦尾脂腺，然后把啄到的油脂涂在羽毛上，这样羽毛就变得光滑，雨水经过时便难以附着了。

当暴风雨袭来时，站在原地不动是一种适应大自然的方式。鸟兽们这种接受风雨“洗礼”的姿态，颇具人类“既来之，则安之”的智慧。而苍穹之下，四季流转，鸟兽们恣意享受戏水的欢乐，更让人们羡慕。

# 长在树上的“奥利奥”

□文/尹　丹

“扭一扭，舔一舔，泡一泡……”是奥利奥最经典的广告词，每当广告中的那个小男孩用舌尖去触碰那黑白相间的部分时，隔着荧幕的我们似乎都能感受到那香甜的味道。可是，有一位日本网友竟然发现长在树上的野生“奥利奥”，令人大呼不敢相信：“难道这年头，饼干都能从树上长出来了？”

有一位日本网友在网站上发布了一张长在树上的奥利奥的照片，点赞率竟然高达7.2万。网友们纷纷猜测：“奥利奥被插在树上了？”“这是天然的奥利奥吗？”当然，也有许多人认为这不是奥利奥，毕竟没有人看到奥利奥的LOGO。也许是讨论过于火热，奥利奥官方亲自官宣了一下，撇清关系。

那么，这树上长的“奥利奥”到底是什么呢?

据拍下这张照片的日本网友解释，它其实是一种真菌，学名叫木蹄层孔菌，是一种多孔菌目真菌，主要分布在欧洲、亚洲、非洲和北美洲等多处。在我国，它分布于东北、华北、西南，以及陕西、新疆、河南、广西等地。

别看木蹄层孔菌长得跟饼干一样，似乎人畜无害，其实它是类似森林杀手一般的存在。一般情况下，这种真菌会生长在树木受伤受损的地方，从伤口处感染树木。这期间，它会加速树木的腐烂，让树木提前死亡。树木死亡后，它会从寄生者转变成分解者，将大树的尸体统统分解。因此，有些地区的林场管护人员会利用它这样的特性，尽快分解一些本身就不可用的木材。

当然，这种木蹄层孔菌也不是一个彻头彻尾的“反派”。恰恰相反，它还是有很多用途的。比如，从它身上能提取出一种名叫火绒的特殊物质，古时候的游牧民族通常拿这种火绒来生产上衣、裤子、帽子和手套等日常穿着的物件；它能直接被点燃，保持燃烧状态几个小时；它可以作药用，具有消积、化瘀的功效，还可以用于治疗食道癌、胃癌等。

木蹄层孔菌真是实力坚固的“斜杠青年”，它一面是树木的“死神”，一面又是给人类带来火种的“普罗米修斯”，还是能保卫人类健康的“抗癌神器”。

更值得一提的是，木蹄层孔菌生长形态也有很多，有的像扇贝，年长一些的之后会逐渐长成马蹄的样子。它们的子实体很大，甚至巨大，大多为马蹄形，无柄，多呈灰色、灰褐、浅褐色至黑色，有一层厚的角质皮壳及明显环带和环棱，边缘钝。它们多年生，生于栎树、桦树、杨树、柳树、椴树、榆树、水曲柳、梨树、李树、苹果树等阔叶树干上或木桩上。但在生境阴湿或较黑暗的生境里，它容易出现棒状畸形子实体。

而这次火遍社交媒体的“奥利奥”形态的木蹄层孔菌，其实应该算是一次意外。因为这是一株已经腐烂的木蹄层孔菌，腐烂后的木蹄层孔菌表面颜色变深，趋近于黑色，才有如此的效果。

道理大家都懂，可就是有些网友不接受这样的结果，一口咬定它就是长在树上的野生“奥利奥”，并且他们还找到了一张木蹄层孔菌处于生长期，表面白色的照片。别说，它还真像奥利奥的亲戚白色“奥利奥”。在这一切皆有可能的时代里，也许某一天真的会在树上长出纯天然、无污染的饼干“奥利奥”呢！

# 苍蝇也懂高等数学

□文/安　九

比起蚊子，苍蝇的身手似乎更加矫健敏捷，每当我们拿着苍蝇拍蹑手蹑脚地靠近它，以迅雷不及掩耳之势拍下时，却发现它更快一步地溜走了。其实，苍蝇之所以能躲过“追杀”，是因为它们懂高等数学。

这听起来虽然有些不可思议，但东京大学生物学家岛田正作团队发现，家蝇的飞行路线其实属于莱维飞行。简单来说，莱维飞行是一种随机行走，也是一种分形。也就是说，无论将莱维飞行的路线放大多少倍，看起来还是和原来的图案类似。如果用函数来表现莱维飞行的步长，那它就是一个幂函数。总而言之，莱维飞行的短步子较多，长步子较少。与我们熟悉的布朗运动不同，同样是随机运动，布朗运动的步长函数是一个钟形曲线，其短步子较少，而长步子较多。这种差异直接导致莱维飞行比布朗运动更有效率。在步数或者路程相同的条件下，莱维飞行拥有更多的位移。换而言之，知道如何进行莱维飞行的苍蝇们，不仅能探索到更大的空间，还能完美躲过人类的袭击。

莱维飞行的特性，能让野外动物在不被捕捉的情况下，获取更多食物。自然界的许多生物都精通这一技能，保罗·皮埃尔·莱维最早发现生命的许多随机运动都属于莱维飞行，而不是分子那样的布朗运动。比如，鲨鱼等海洋掠食者在近距离猎杀食物时，采取的就是布朗运动，但当食物不足需要拓展地盘时，则是采取莱维飞行。有研究表明，大多数海洋掠食者在食物匮乏时更偏好选择采用莱维飞行。更有趣的是，磷虾的分布也符合莱维飞行的特征。

除此之外，土壤中的变形虫、白蚁、熊蜂、浮游生物、鸟类、大型陆地食草动物、灵长动物、原住民在觅食时的路线也有类似的规律。由此看来，莱维飞行似乎是生物在资源稀缺环境中的生存法则。后来，生物学家们提出了“莱维飞行觅食假说”，用来概括自然界动物觅食的走位。

莱维飞行不仅深得动物青睐，许多自然现象也与莱维飞行有关。自来水龙头滴水时，两滴水之间的时差，健康心脏两次跳动的间隙，甚至连股票市场的走势都属于莱维飞行。

更有趣的是，纸币的流动和流行病的爆发也与莱维飞行有着千丝万缕的联系。1997年，程序员汉克·埃斯金突发奇想，建立了一个追踪纸币流动的网站。用户只需要在网站输入当地的邮政编码、纸币序列号等信息，就可以追踪纸币的流动。网站建立后，越来越多的人带着对纸币流动的好奇，登录了这个网站。后来，德国柏林洪堡大学的物理学家德克·布罗克曼和同事注意到了这个网站，并且发现纸币流通的路线与自己正在研究的传染病传播路线惊人的相似。于是，研究人员调用了该网站的数据进行分析。在分析了46万张纸币的流通路线之后，他们证实了纸币的流通和传染病的传播途径都符合莱维飞行的特征，并将这一结果发表在《自然》杂志上。而当时主流流行病学理论认为，所有人的感染概率是一样的。布罗克曼的研究结果明显与其不符，但是，实践证明了布罗克曼的理论比传统理论能更好地预测流行病的传播途径。因此，现在许多流行病模型都建立在莱维飞行的基础之上。

所以，在打不着苍蝇气恼之余，我们不妨观察一下苍蝇的飞行路线，这可是一幅活灵活现的莱维飞行图案呢！

# 梧桐之趣在旁枝

□文/旸　瑫

初秋清晨，我走出小区，拐到正街，太阳火辣辣地直扑浑身，顿觉四周空空荡荡。

一夜之间，街道两旁硕大茂盛、遮天蔽日的梧桐树裸露着斑驳的躯体，呆滞地伫立在那里。那些昨日还挺拔的旁枝和依然葱绿的扇叶如今都散落一地，树旁满地的锯末向人们昭示着昨晚发生的一切，那些修剪工匠又披星戴月地忙活了一晚。

修剪过的梧桐只剩下光秃秃的枝干，如同英国皇家的列队卫兵，面无表情，整齐划一。进入深秋的梧桐，随风飘零的黄叶少了，不会再杂乱地匍匐在马路上，就连长年栖息于此的霜天蛾，也不会再从树枝上掉到行人头上或汽车玻璃窗上了。整个街道的清洁打扫似乎变得更便利，面貌变得更整洁。

年复一年，人们似乎已经习惯了这种秩序井然的安排，一切显得理所当然。可当我漫步长街旁，徘徊梧桐下，却再也领略不到梧桐之趣了，再也享受不到匝地浓荫，觅不到阳光透过稠密枝叶洒向地面的斑驳光阴，听不到成群的小麻雀集合歌唱，也闻不到三三两两、成熟的三球悬铃木果时而噼啪落地的悦耳节奏。凉风吹过，粗壮而僵硬的主枝永远也摇曳不出旁枝繁叶那随风的婀娜舞姿。

每每此刻，我的心便如同这大街一样空空荡荡，总以为梧桐的生趣已荡然无存，消失殆尽。没有了旁枝，梧桐便不再完整，仿佛残缺的生命，了无生机。在我看来，梧桐的生趣全在旁枝之上。

想起儿时课堂，老师让我们用一句话概述《西游记》。同学们大体都能想出“师徒五人一路降妖除魔，终于取得西天真经”“神通广大的孙悟空降妖除魔，护送唐僧成功取得真经”之类的话。其实，吴承恩笔下的《西游记》，除了“降妖除魔”和“取经”这条主干之外，还演绎了大量充满生趣的人和事儿，这些都为枯燥的取经旅途增添了无尽乐趣。比如：猪八戒看到美女就想搭讪，看到美食就想啃两口，他调戏嫦娥，被贬下凡尘为猪；在盘丝洞里，被蜘蛛精愚弄得死去活来；娶亲背媳妇，吃力不讨好；看到长生果，便迫不及待地囫囵吞下；还时常耍点儿小脾气，动不动就吵着要回高老庄等。每每读到这些，都让人忍俊不禁。多年后，这些片段都构成我对《西游记》这部作品的生动回忆。

如今想来，倘若吴承恩先生就只把我们儿时在课堂上概述的话写在白纸之上，又会是怎样的结果？很难想象，如果没有了类似猪八戒等人和事儿的这些“旁枝”，那么《西游记》仅凭光秃秃的“主干”，将成为一部怎样干瘪无趣的作品？我想，也许不会成为被后人津津乐道、流传至今的经典名著。

我先后读过五个版本的《苏东坡传记》，比如林语堂的《苏东坡传》、李国文的《走近苏东坡》、康震的《评说苏东坡》等。但无论哪个版本，除了把一代文豪苏东坡作词为官浓墨重彩地呈现给广大读者之外，总是离不开那些东坡与佛印互戏的桥段，免不了苏小妹与东坡斗嘴的趣事，少不了苏小妹与秦观恋爱、洞房花烛三难新郎的故事，更不会缺了东坡与酒、肉、鱼、菜、茶，尤其是与肉的趣闻轶事，就连“东坡”这个名字也被戏称为最具平易近人的草根味。倘若人们都板起面孔，一本正经地介绍苏东坡的生平、诗词，罗列其为官政绩，那东坡先生最多也就是一个已逝的文化人，恐怕早就被历史束之高阁了。然而，正是有了这些诸多与东坡相关的趣事“旁枝”，才让我们禁不住感叹，一代文豪苏东坡是一颗落入凡尘、沾满烟火气的文曲星。这样的文曲星才有生趣，才会被世代文人尊为具有名士风度的优秀代表，才能在中国文人心中活了一千多年，并将永续下去。难怪林语堂先生说，一提起苏东坡，总会引起人亲切敬佩的微笑。我想，这种微笑才是东坡先生真正的生趣所在。

所以，无论是梧桐树，是故事，还是人，他们真正的生趣是在“旁枝”，有了众多“旁枝”的帮衬和烘托，才会显得形象而又生动，鲜活而又生趣。

当我拐过街角，突然眼前一亮，又见一长排梧桐树，郁葱繁茂。我想，也许是工人师傅还未来得及修剪，也许是这条街的管护者心底也留存着与我近似的情愫——梧桐之趣在旁枝。我双手合十祈祷是后者。

# 霸王龙的呆萌小手有何用

靠这两根“小油条”来做俯卧撑，也真是难为霸王龙了。

# 穿上橘色新装的胡萝卜

□文/江　南

胡萝卜是世界各国人民都喜爱的一种蔬菜，除了颜色亮丽之外，它的营养价值也特别高，素有“小人参”“金笋”的美称。胡萝卜不仅味道甜美，还有保护视力、抗衰老、预防心血管疾病和癌症的功效。鉴于胡萝卜对人类健康的贡献，1987年的第39届世界卫生大会把2月24日定为一年一度的“世界胡萝卜日”。

我们今天看到的胡萝卜绝大多数都是橘色的，但是胡萝卜一开始并不是橘色。那么，它是怎么变成橘色的呢？且听我一一道来。

胡萝卜原产于亚洲西南部的阿富汗，栽培历史长达2000多年。据说它最初只是一种叫作野胡萝卜的杂草，因其种子磨碎后有一种香气，开始只是被当作一种香辛料。在公元10世纪左右，它被驯化成蔬菜，那时的颜色只有紫色和黄色。因为它色香味俱全，所以很快被传播开来，并由伊朗传入欧洲。大约在公元17世纪，胡萝卜传到了荷兰，这时出现了两种变异的颜色——橘红色和橘黄色，这让爱好橘色的荷兰人笑逐颜开。

荷兰人为什么对橘色情有独钟呢？究其原因，我们要向前追溯一个世纪。在公元16世纪，荷兰正处于西班牙的高压统治之下，繁重的苛捐杂税让荷兰人民生活在水深火热之中。乱世出英雄，此时，奥兰治家族中被称为“橙色亲王”的威廉·奥兰治倾尽家族财富，带领荷兰人民开始进行反抗西班牙统治者的斗争。经过20多年的艰苦奋战，最后终于在1588年建立了君主立宪制的荷兰王国。之后，荷兰慢慢强盛起来，进入长达200年的“黄金时代”。

在那时，奥兰治家族的英文名字和橘子的名字极为相似，于是奥兰治家族就把自己的族徽做成了橘子的样子，家族也被称为“橘子家族”。虽然，威廉·奥兰治在加冕前两天被害，但他已被人民视为荷兰的国父和神而深受爱戴，国歌定名为《奥兰颂》，国旗也是橘色的。原本与此毫不相干的橘子，竟然变得和奥兰治不可分割，且成了荷兰人民心中的精神象征，受到了所有荷兰人的尊崇和喜爱。

荷兰王国建立后，造船业和海上贸易业飞速发展，园艺技术也相当精湛，这一点，从那时风靡全球的郁金香风波可见一斑。出于对威廉·奥兰治的怀念和对橘色的挚爱，园艺师们绞尽脑汁，终于培育出了橘色的胡萝卜。因为那时的荷兰非常强大，海上贸易发达，加上新品种产量高、口感好，所以橘色胡萝卜很快遍及了世界各地。据《本草纲目》记载：“元时始自胡地来，气味微似萝卜，故名。”可见，胡萝卜在宋元时期便传入了中国，并得到广泛种植。只是当时它还不叫胡萝卜，后因其形似萝卜，而且我国一直习惯把西域人称为“胡人”，西域的衣服称为“胡服”，所以西域传来的像萝卜一样的东西也就被称为“胡萝卜”了。

荷兰人民的橘色情结，经过几个世纪也没有丝毫减弱。如今的荷兰，不仅王储的头衔称为“橙色王子”，而且球队也被称为“橙色军团”，队员的衣服都是橘色的。每当举行盛大的庆典活动时，你会看到大街上的建筑也变成了橘色，各种橘色的商品让人眼花缭乱，人们都穿着橘色的衣服和饰品狂欢，就像一片欢乐的橘色海洋。

因为与荷兰王室的不解情缘，胡萝卜穿上了橘色的新装。

# 朝颜和夕颜

□文/凉月满天

在麦田埂边见到牵牛花时，我也不知道它居然会跑这么远。远离人家居处、篱笆墙下，跑来麦田边守着什么呢？

牵牛花和牵牛星有关系吗？不知道，反正见到牵牛花缠绕攀爬的梗子，就觉得乱糟糟的，不好打理。

大约是在十几年前，我一时兴起，在阳台上摆了一个花盆，花盆里种上了牵牛花的种子，再给它在阳台上抻起了细铁丝织成的网架子。牵牛花出土，开始绕丝攀藤，长枝呀，长叶呀，开花呀，忙得不亦乐乎。它的枝尖会伸得长长的，找攀缘的扶手，找到了就一圈一圈地缠上去。

一到冬天，牵牛花便会枯死，变得干枯的黑枝子纠成一团，真心不好看，就像撩开花开如焚的帐幕，看见山寒水瘦的现实。

小时候，牵牛花就是实实在在地爬在人家的篱笆上。头顶上高大的杨柳树投下庞大的阴影，它就在阴影下悄悄地往篱笆上爬，再静悄悄地开花。清晨花开，到了中午，太阳热起来后，牵牛花便裹紧了它的喇叭口，就像宋人梅尧臣作诗说的：“楚女雾露中，篱上摘牵牛。花蔓相连延，星宿光未收。采之一何早，日出颜色休。”

当时，我不知道它还有另外一个名字——朝颜。日本茶道宗师利休宅内的院子里种满了牵牛花，一旦开放，花团锦簇，美不胜收。丰臣秀吉得知此事，就指示利休在宅内准备一次茶会，以欣赏满目的花景。但当他兴致勃勃地来到利休的宅院时，发现所有的花都被利休剪掉了。秀吉当下大怒，气冲冲进茶室问罪，一进茶室，他呆住了：在暗淡的壁龛的花瓶里插着一朵洁白的牵牛花，露水欲滴，生机无限。剪掉一片只留一朵，花的内在生命力却得到了充分展现，这是利休的禅心。

有朝颜，就有夕颜。所以又有一种牵牛花，是趁晚夕开放，清晨便委顿了。夕颜开的是白花，形似满月，大而美丽。

这里有一个故事，说的是一位公子偶然于初秋之日，黄昏时分，见到一所宅院的篱笆上开着他不认识的白花，随从告诉他这是夕颜。他命侍从摘一朵花过来，没想到一个女童从一扇雅致的拉门里走出来，手里拿着一把香气扑鼻的白纸扇，说道："请放在这上面吧。因为这花的枝条很软弱，不好用手拿的。"

公子拿到这把放着夕颜的白纸扇，发现扇子上写着一首和歌："夕颜凝露容光艳，料是伊人驻马来。"公子也作了一首和歌作为答歌："苍茫暮色蓬山隔，遥望安知是夕颜？"

很久以前读到一句话："牵牛花为了自己的立足之地，先吻篱笆的脚，后搂篱笆的腰，再登上篱笆的眉。这是它的生存哲学。"没错，它也是为了能够开花。没有篱笆的时候，它也能够挪到麦田边的野草丛里开花，反正它就是要开花。

好吧，那就开吧。就像土耳其诗人塔朗吉的那首诗：

"去什么地方呢？这么晚了，
美丽的火车，孤独的火车。
凄苦是你汽笛的声音，
令人记起了许多事情。
为什么我不该挥舞手巾呢？
乘客多少都跟我有亲。
去吧，但愿你一路平安，
桥都坚固，隧道都光明。"

无论是朝颜还是夕颜，我给牵牛花的祝愿也是如此：去吧，但愿你一路平安。篱笆都坚固，黎明都新鲜。

# 桂花有香

□文/王思宇

“桂子月中落，天香云外飘”，作为中国十大名花之一，桂花是集绿化、美化、香化于一体的观赏性和实用性兼备的优良园林树种，桂花清可绝尘，浓能远溢，堪称一绝。尤其是仲秋时节，桂丛怒放，夜静月圆之时，家人团聚，把酒赏花，暗香扑鼻，令人神清气爽。

现代人用口香糖保持口气清新，那么古代人口腔清洁不彻底，或者肠胃消化不良，有口气怎么办？对现代人来说，桂花在很多时候被拿来制作各种糕点，而在中药记载里，它性温，味辛，归肺经、脾经、肾经，能够温肺化饮，散寒止痛，属化痰止咳平喘药下属分类的温化寒痰药。所以在明清时期，这种花香馥郁的金黄色花朵有着一个非常大的用途，那就是制作香口用品。

桂花，又名木樨，分早桂和晚桂两种。寒露之前开花的称作早桂，寒露以后开花的叫晚桂。据文字记载，中国桂花树栽培历史长达2500年以上，《山海经·南山经》提到的招摇之山多桂，《山海经·西山经》提到皋涂之山多桂木，屈原的《九歌》中则有“援北斗兮酌桂浆，辛夷车兮结桂旗”，《吕氏春秋》中则赞美道：“物之美者，招摇之桂。”东汉辑录的《越绝书》中在计倪答越王的对话中记载着：“桂实生桂，桐实生桐。”

从汉代至魏晋南北朝时期，桂花是名贵的花卉与贡品，也成为美好事物的象征。《西京杂记》中记载，汉武帝初修上林苑，群臣皆献名果异树奇花两千余种，其中有桂十株。南朝齐武帝时期，湖南湘州送桂树植芳林苑中。《南部烟花记》记载，陈后主为爱妃张丽华造“桂宫”于庭院中，植桂一株。唐代文人引种桂花十分普遍，吟桂蔚然成风。如柳宗元自湖南衡阳移桂花十余株栽植零陵；白居易曾任杭州、苏州刺史，他将杭州天竺寺的桂子带到苏州城中种植。这时，桂花主要用于庭园中栽培、观赏。

而桂花在民间栽培始于宋朝，昌盛于明朝初期。中国历史上的五大桂花产区均在此期间形成，这为桂花成为“口香糖”原料提供了基础。

木樨，是桂花的别称。木樨饼儿是古代和香的一种，用孩儿茶连同麝香、檀香、龙脑等多种贵重香料，以及桂花等香花，调上甘草膏、糯米糊，做成小饼，装在香茶袋子里随身携带，有需要时即可掰下一块含在嘴里。当然，这种馥郁芳香的香茶饼在古时是上流社会才用得起的物件。

平常百姓家的做法是把刚开的桂花朵朵摘下，去掉花蒂，用石磨碾过几遍，让花朵变成极细腻的花泥，然后泡在水中，由此去掉花内的苦涩汁液，晾干后，用热开水冲泡，或者是在这种做法上加以升级，将花泥与柿霜、盐梅肉、薄荷叶、紫苏叶、茶叶、麦门冬、糖等调和在一起制成，夏日里噙含，在香口的基础上还有祛暑止渴的功效。

除了上述功效之外，桂花香口还被明、清人以茶的形式扩大。明、清人的桂花茶和今天冲茶的方式大同小异，基本操作都是将干燥的桂花和冰糖适量放在壶里，用热开水冲开，焖泡三分钟左右，将茶材过滤后即可饮用。若用的是蜂蜜，那就得等到茶温后再加入。

又是一年丹桂飘香时节，在思考桂花怎么吃的时候，也别忘了它们还可以用来香口哦。

# 朱熹与香樟木

□文/李丹崖

下了一场雨，我跟着旅行团，撑着伞，在婺源的山间到处看看。这里茂林修竹，山路蜿蜒，古村落在雨幕下显得越加古拙，绿苔生在石缝间，似在泄露多年前这里发生的秘密。

早就知道古徽州的婺源是朱熹故里，这里山峰绵延，地缘相近，江西婺源和皖南泾县至今还存在诸多朱姓后人，他们在这样一片绵延的山景中安宁度日，时光更迭了一丛又一丛，山间的香樟木也从原来的树苗长成了参天大树。

朱熹是最爱香樟木的，在他的故居前后，皆有香樟和竹子。竹子代表文人的品性之高洁，寓意风骨；香樟木因通体含有挥发性香气，寓意道德之馨。

走进古村落，我看到许多店面都在售卖香樟木。在一家手作匠人的店门口，匠人拿着锯子，嗤嗤地拉着，木屑飘落，香樟木的香气四散而来。

这里的香樟木被做成许多文具，如果你只是简单地想用它驱蚊虫，就只需要买两片刚刚锯下来的香樟木片放在书案上，蚊虫便不敢冒进。

可以想象，很多年以前，朱熹也曾拿着这样的香樟木片，在窗前读书习文，后来终成一代儒圣。

朱熹多爱香樟木呀！全国各地，朱熹亲手植下的樟树太多了，除了古徽州的山峦之间，福建的尤溪县至今仍有两株樟树，绿叶葱茏，树木参天，树高在九层楼以上，胸径达3米，冠幅达29米，是福建第一批树王。因朱熹乳名“沈郎”，所以这两棵树名曰“沈郎樟”。

在武夷山的脚下，有一座名叫五夫镇的地方，这里有一座紫阳楼，朱熹曾在这里居住。在紫阳楼附近，有一株树龄800年以上的香樟木，也是朱熹亲手种植的。这棵香樟树枝繁叶茂，像一位巨人站在那里，蓊蓊郁郁的树冠，宛若朱熹的思想一样深邃。

除此之外，在南昌大学的朱熹雕像周围，也围拢着诸多香樟树。这座朱熹雕像，朱子手持书卷，目光幽深，后侧香樟木已然成林。雕像的捐建者是香港孔教学院院长汤恩佳博士及其夫人。朱熹的学术思想跨越数百年，犹如香樟木一样，依然在开枝散叶，散发着阵阵馨香。

朱熹为什么这么喜爱香樟呢?

樟树为一年四季常青的植物，生命力何其旺盛，所以，江南的古村落一般都采取“前樟后楝”的规制种树，宅前有樟，常年葱绿满目，实在养眼。另外，樟树能隐蔽整个宅院，也能把噪音挡在户外，让人心思宁静地读书，这是涵养心性的“保护伞”。

南方有嘉木，其名为樟树。古人赞美樟树的文章何其多，《豫章颂》《豫章赋》《豫章记》——“豫章生深山，七年而后知”“七年乃识，非曰终朝”……就连鲁迅先生也曾用名“周樟寿”，足见古今文人对樟树的喜爱。

# 一场对兔子的百年围剿

□文/尹贻坤

小白兔一直是漂亮可爱的呆萌形象，理应人见人爱才对。可是，在澳大利亚，这群可爱的小生灵却遭遇了一百多年的围剿。

澳大利亚如此疯狂地绞杀兔子，到底是什么原因呢？

原来，在18世纪末期，澳大利亚成为第一个欧洲殖民地。当时，兔子作为殖民者的食物，一般是家庭养殖的。有个名叫托马斯·奥斯汀的地主——一个热衷于打猎的英国人，为了满足自己的爱好，从欧洲进口了24只兔子，放养在野外。澳大利亚气候温暖湿润，牧草丰茂，而且基本没有兔子的天敌，简直就是兔子天造地设的乐园。托马斯希望兔子们子子孙孙无穷匮也，以便供他即兴狩猎。

然而，托马斯犯下了一个弥天大错，他低估了兔子的繁殖能力。兔子曾被称为“繁殖战斗机”，正常情况下，兔子每年要生育6窝，每窝4只，其数量以几何级数递增，速度极快，而且兔子善于奔跑、打洞，不容易被捕杀，所以，这24只兔子在澳大利亚丰茂的草地上呈大火燎原之势，以惊人的速度蔓延。在之后的几十年里，兔子的数量竟然达到了100亿只！要知道，那时候全球人口才20亿！

兔子的过度繁衍彻底破坏了澳大利亚原有的生态平衡，因为兔子是食草动物，十只兔子可以抵得上一只羊的食量，而且兔子是穴居生活，严重破坏了牧草的根系，草地覆盖面积大量减少，导致风侵蚀了肥沃的表层土壤。土壤侵蚀直接影响植被再生和吸水率，致使可放牧的土地大幅减少，牛羊的数量也随之减少了。农民只能到更远的地方放牧，这又使得土地被过度使用。如此恶性循环，致使澳大利亚遭受了严重的经济损失。

无奈之下，澳大利亚政府只好开始对兔子进行大围剿。

澳大利亚政府对兔子的围剿行动共进行过四次。第一次围剿采用的是类似于捕鼠的原始办法：猎杀、布网或者投放有毒的胡萝卜，然而效果甚微。后来，澳大利亚政府引进了兔子的天敌——狐狸，可是没想到狐狸喜新厌旧，开始的时候以兔子为食，后来吃腻了，转而吃其他有袋类动物。这下可惨了，不但没有控制兔子的数量，反而又多了一项新任务——消灭狐狸。第一次围剿宣告失败。

经过一番研究后，澳大利亚政府开始斥巨资修建一道总长度达3256千米的“防兔篱笆”。这项历经六年、耗资近百万美元的工程，最终也没能挡住兔子——它们天生善于打洞，小小的篱笆怎能奈何得了它们?第二次围剿无果而终。

怒不可遏的澳大利亚政府终于使出了“撒手锏”——利用生物武器来对付数量庞大的兔子。他们引进了一种多发性黏液病毒，兔子感染后，会患皮肤瘤且双目失明，两周内就会死亡，极具毁灭性。政府甚至还为此派出了轰炸机，将毒气炸弹投放在兔子生活集中的地区。此举确实收到了令人满意的效果：澳大利亚80%至95%的兔子种群被消灭，数量仅剩1亿只左右。第三次围剿似乎成功了。

然而，随着兔子免疫力的增强，因病毒造成的死亡率急剧下降，兔子大军再度卷土重来。到1990年，兔子的数量又达到了10亿只左右。于是，澳大利亚政府启动了第四次围剿——从中国引进了更具杀伤力的兔杯状病毒。终于，在20世纪末有效抑制住了兔子数量。然而，这些“打不死的小强”在几年后又死灰复燃，数量开始迅速增加起来。

围剿兔子，澳大利亚依然是路漫漫其修远兮。

# 书虫的美味大餐

□文/魏子剑

当你翻开长久未曾动过的书时，可能会发现里面有书虫。书虫学名为衣鱼虫，又叫白鱼、蠹鱼和壁鱼。它的身形扁长，一般只有1厘米左右，身体表面覆盖着一层灰色鳞片，头前方和侧下部位有银白色长毛。

衣鱼虫躲在书籍里面，是因为爱学习、爱读书吗？当然不是。衣鱼虫喜欢黑暗无光的环境，它白天隐蔽在书堆、书页、书的缝隙里，晚上才会出来活动，而且一旦受到亮光刺激，就会迅速逃离，躲进暗处。那么，它生活在书页里都吃些什么呢？

衣鱼虫主要是吃纸，用来装订图书的糨糊、棉线也会成为它啮食的对象。实际上，衣鱼虫嗜好充满淀粉质或多糖的食物，棉花、亚麻布、丝织品和人造纤维也是它的食材，饥饿时甚至连皮革制品也吃，所以它也常出没于衣柜，蛀食衣物，因此得名——衣鱼虫。

纸张真的那么好吃吗？我们看到的简简单单一张纸，里面到底包含着哪些成分呢？

纸里面是有水分的，只不过成品纸的含水率极低，但衣鱼虫本身非常耐旱，所以无须担心它会被渴死。古代造纸技术水平不高，书籍更容易受潮或遭虫蛀，古人因此有晒书的传统。晒书，又称曝书，此习俗至少从汉、晋就开始了。到了宋代，在官方的引导下还形成了“曝书会”。我国大多数地区将七月七日定为晒书节，但也有根据其他典故传说定在六月六日的地方习俗。

其实，书籍即便没有受潮，在生产过程中也需要用到大量的水。蔡伦发明造纸术的过程有很多种说法，其中一种传说就是，他偶然在河道里看见树皮、破布、麻头和旧渔网因为被水长时间浸泡形成了一层漂浮物，捞起晒干后发现可以在上面写字，从而启发了他，于是，他带着手下的工匠们反复试验，成功发明了造纸术。可见，造纸离不开水。现代造纸因纸张种类不同，所以需水量有很大差异。仅就白纸系列来说，消耗的水量也各不相同，如书写纸、拷贝纸、复印纸等，而1吨纸耗水20立方米左右就是很高的数值了。

纸里面也有淀粉。纸的生产工艺中有一个重要环节是施胶和填料，“料”包括很多东西，淀粉是其中很关键的原料之一，这也是衣鱼虫特别喜欢吃纸的原因。

淀粉在造纸工业中被使用多年，事实上它已经成为纸张生产中用量第二大的原料。为什么要加淀粉呢？主要是因为淀粉能起到三个重要作用：改进强度、改善纤维和填料的留着，以及增加滤水速率。淀粉在造纸中用作胶料，还可以使纸张光滑、易印、更耐磨和耐油脂，并且具有一定的干燥强度。现代造纸技术会加入淀粉酶，厂方能够根据用量的多少控制纸浆黏度。

纸张里的淀粉大多是黄豆淀粉，这当然是最吸引衣鱼虫的食物了，因为黄豆中的营养成分实在太多了。不过，黄豆的营养成分会随地区、品种的不同存在一定的差异。特别值得一提的是，黄豆的蛋白质含量达35%至45%，约是鸡蛋的2.5倍，是牛奶的12倍；黄豆的卵磷脂含量比鸡蛋高，钙含量也比牛奶高，还含有丰富的不饱和脂肪酸、大豆磷脂；黄豆还富含皂角苷、蛋白酶抑制剂、异黄酮、钼、硒等抗癌物质。

书籍里面的纸张含水、含淀粉，可以作为食物，有营养，还能避光，难怪衣鱼虫喜欢待在书里面。假如衣鱼虫把一本书都蛀空吃光，它会饿死吗？不会的。衣鱼虫即使挨饿数个月，身体机能也不会受到任何损害。实在没有食物的情况下，它还会把自己蜕下来的皮当作美餐。

# 21头大象的送行

□文/胡征和

丈夫去世的第二天，悲痛欲绝的弗朗索瓦丝有气无力地走出小木屋，她被眼前的一幕震撼了——21头大象神情忧伤，失魂落魄似的徘徊在门外，不时地发出哀鸣，如泣如诉，似乎在呼唤逝去的亲人。一天、两天，一夜、两夜，象群不肯离去。

弗朗索瓦丝的丈夫名叫劳伦斯·安东尼，他的名号很响：国际环保主义者、象语者、野生动物保护专家……但他在朋友中被叫得最响的称呼是“傻子”。

安东尼于1950年出生在南非第一大城市约翰内斯堡，父亲有一家保险公司和一家房地产公司。安东尼本可以躺在父辈建立的基业上舒适一生，然而一次偶然的相遇，让他毅然远离繁华的都市，并倾尽所有，在丛林中建起一间小木屋，开启了保护野生动物的生活模式。这难道不是“傻子”行为吗？

那是在一次业务接洽途中，安东尼目睹了一头犀牛被活生生割角，那临死前绝望无助的眼神，深深地刺痛了他的心。但面对穷凶极恶的盗猎分子，他只能眼睁睁地看着。从此以后，他无数次午夜梦回，夜夜无眠，可又诉说无门。后来，安东尼与同样热爱自然的法国姑娘弗朗索瓦丝相爱，共同的志趣把两人紧紧拴在了一起，他们决定一起为大自然做点什么。

安东尼倾家荡产在南非购买了20平方千米土地，欲将其打造成野生动物保护区，并过起了简衣素食，又充实幸福的环保主义生活。

一天，一个电话打破了安东尼生活的平静与美好，电话来自南非克鲁格国家公园。那天，园区的象群因遭受非法猎人的伏击，受到惊吓，疯狂乱蹿，严重威胁到周边小镇居民的人身安全。如果没有保护区接收，象群将被全部射杀。

安东尼一听就急了，他争分夺秒地筹措资金，联系车辆，下定决心要将象群运回自己家的保护区。可当安东尼与妻子匆匆赶到现场时，克鲁格国家公园只剩下了7头大象，且因惊吓过度，每一头大象都异常焦躁。而不远处，一排黑洞洞的枪口正对准它们。安东尼跳下车，怒吼着冲向持枪者。面对象群，众人离得远远的，可安东尼竟独自走向了象群新首领娜娜，柔声祈求，轻抚安慰。所有人都紧张到窒息，因为一旦娜娜发怒，安东尼就会有生命危险。神奇的是，几分钟过后，娜娜安静了，象群也不再躁动。后来，安东尼说："我知道娜娜不懂英语，但那一刻我坚信，它能感受到我的善意。"

当天，4头成年公象与母象，还有3头小象，在3辆巨大铰链卡车的协助下来到了安东尼的保护区。也许是对陌生环境的不适应，初到保护区，象群上蹿下跳，齐心逃离。这群聪明的家伙，合力将9米高的树推倒，恰巧砸开保护区的围栏，目的顺利得逞。安东尼愁坏了，这帮"傻孩子"根本不知道外面的世界有多危险。他与妻子连续10天几乎没有合眼，才让象群重归保护区。安东尼没有对逃离的"孩子"发火，而是天天耐心地守护在围栏外，给它们唱歌、讲故事。他说，人类对象群的伤害太大，或许它们不再相信人类，但他相信，如果能多些耐心，人类一定有与动物连接的奇迹。而这个奇迹，说来就来了。一个炎热的下午，安东尼冲进小木屋，手舞足蹈地对妻子大喊："弗朗索瓦丝，你绝对不会相信刚才发生了什么，娜娜的鼻子穿过围栏，轻轻地摸了摸我的手。"

象群彻底安静了，且每当听到安东尼的巡逻车响，它们就会欢快地叫着并向他靠近，人象合一，温馨动人。本以为可以这样与一群"孩子”厮守一生的安东尼，却在一场“提升国际对犀牛偷猎危机的认知”的演讲中，突发心脏病离世。

61岁的安东尼早早地走了，伤心的不仅仅是妻子弗朗索瓦丝，更有21头大象。让人震惊的是，在安东尼周年祭日的2013年3月4日，21头大象再次齐聚木屋前，集体哀鸣，那声音仿佛是在呼唤：“老友，我们回来了，你去哪儿了？”

这不是传说，也不是巧合，因为2014年、2015年……每年的同一天，象群都会齐聚小木屋前，让人无法解释。若真要解释，那就是一个“傻子”带出了一群“傻子”！

# 霸王龙的呆萌小手有何用

□文/柳　兮

1900年，美国怀俄明州首次发现霸王龙化石。成年霸王龙身长11米到15米，身高6米，比两层楼还要略高一些。这样的“巨无霸”上肢（前肢）却只有1米长，远远看着就像一个人的上身贴着两根干瘪的油条，与它庞大的身体极不协调。这样的小手不但不能捧起食物送到嘴边进食，后背痒了也够不到，而且只有两根手指，无法进行抓握。那么，它们究竟能用来干点儿什么呢?

针对霸王龙这一双小手的用途，科学家们说法不一，陷入了深深的困惑，纠结了一个多世纪。最早的观点认为，体重十几吨的霸王龙，睡醒起床时需要两个小前肢支撑身体，让自己站起来。但这个解释显然有点牵强，试想，靠这两根“小油条”来做俯卧撑，也真是难为霸王龙了。

还有生物学家认为，从化石的肌肉附着点的角度分析，霸王龙的小手应该是有些力量、有点作用的。比如，小手虽然只有两根指头，但少而精，可以多发挥50%的力量，配合10厘米长的尖爪，足以对猎物造成杀伤性。

对此，美国马里兰大学古生物学家霍尔茨不以为然。他说，从经常骨折这点可以看出，霸王龙的小手其实很脆弱，不但没什么用，而且是它的一个重要弱点，一不留神胳膊可能就断了。

科学家们提出了无数假说，最奇葩的要数“恐龙手语”说，即霸王龙的小手是用来打手语的，以便于霸王龙之间沟通交流。如果真是这样，那霸王龙眼神不错，这样的“小动作”都能看得清楚。

这些假说后来都被一一否定了。那么，霸王龙的小手到底有什么用？难道长在身上真的是多此一举吗？事实证明，并非如此。科学家给出的解释是：用来平衡身体。

经研究发现，霸王龙的祖先手臂并不小，而且还有一点点修长。这和很多靠双腿支撑身体行走的兽脚类恐龙一样，从比例上看，上肢都不是特别小，如侏罗纪系列影片中经常出现的迅猛龙。那么，为什么霸王龙进化得这么奇葩呢？这就要从它捕食的两种主要猎物说起。

第一个是三角龙。成年三角龙身长7.9米到9米，身高3米，体重6到12吨，头部有坚硬的头盾和锋利的角。第二个是甲龙。成年甲龙身长7米到10米，身高1米，体重3吨到4吨，背部长有坚硬的厚甲，尾部还有一个“流星锤”，可以用来攻击天敌的腿部。

三角龙身体高大，皮糙肉厚，头部还有武器，简直就是一辆小型装甲车；甲龙更是身披“铠甲”，一般的掠食动物根本无法咬穿它的硬甲。

面对如此强大的对手，霸王龙想要吃到嘴可真不容易啊，它必须拥有一张巨嘴，才能发挥出巨大的咬合力。因此，霸王龙除了身体进化得越来越大之外，嘴和头部占身体的比例也进化得越来越大。

科学家据此得出结论：为了平衡不断增大的头部重量，霸王龙的上肢必须越来越小。

这和跷跷板的原理是一样的。霸王龙的双腿相当于跷跷板的支点，尾部相当于跷跷板的一侧，上半身相当于另一侧。当它头嘴部进化得越来越大时，一侧的重量也会随之增加，这样就会失去平衡，所以为了减轻这一侧的重量，相对不那么重要的前肢就只得渐渐进化得越来越小。

也许有朋友会问：“霸王龙为什么不进化出一条更大的尾巴来平衡身体呢？为什么一定要牺牲自己的上肢？”这是因为霸王龙的进化有两个目标：一个是长出更大的嘴和身体，以便猎杀；另一个目标是必须确保自己奔跑时的速度能追上猎物。然而，速度和体重是矛盾的存在，受重力影响，动物体型越大，体重越大，骨骼和心脏承受的压力就会越大，奔跑的速度也就越慢。

霸王龙要吃饭，首先要有一定的奔跑速度，如果它进化出一条更大的尾巴，势必会增加身体的重量，影响捕猎时的奔跑速度。相对于奔跑速度和大嘴，一双好看的上肢实在不那么重要。

为了生存，霸王龙不得不牺牲“色相”。事物总是有舍有得，想要进化出一种跑得又快、力量又大、长得还帅的动物几乎是不可能的。如今，人们再也不觉得霸王龙这双小手是奇葩，反而觉得很可爱。文艺创作者们也因此得到很多灵感，把霸王龙搬上银幕，笨笨的样子让人忍俊不禁，特别是前面的那双小手，呆萌极了。

# 一只导盲犬的心愿

□文/杨海亮

我上了一回热搜，原因很简单——我要坐公交车。

当时，莉姐领着我上车。我捷足先登，可莉姐还没有踏上车门，公交车司机就已经起身拒绝：“公交车上不让带宠物！”莉姐连忙解释道：“这不是宠物，这是我的导盲犬。”说着，莉姐就准备出示相关证件，可公交车司机根本不予理会，声色俱厉道：“别说是狗，连鸟都不让上！”

如你所想，我和莉姐都没能坐上公交车。其实，这只是一个实验。莉姐扮演的盲人，是我的主人高叔。而类似的遭遇，我和高叔已经司空见惯。只要出门，只要坐车，高叔都要做好生气的准备。而我呢，也习惯了人们对他的拒绝。有时，碰上不友好的人，高叔还会被歧视、被推搡，我只能在一旁干着急。

不过，与其说责任在高叔，不如说是因我而起，谁让我是一只狗呢？虽说我是导盲犬，虽说我从不咬人，可是不管怎样，我毕竟是狗中的一员。提起狗，人们总是褒贬不一，各持己见。汉语里常见“狗胆包天”“偷鸡摸狗”“狐朋狗友”等词汇，可见人们对我们家族的成见有多深。我不否认，我们家族有的成员是有让人讨厌的缺点和不足，可是我们也有很多优点啊，机智、勇敢、忠厚、善良，这不都是事实吗？有的成员还是人类亲密无间的朋友。如果你看过《忠犬八公》的话，就会知道，八公的憨厚守信是多少人也做不到的呢！

相比之下，我没有八公那么有魅力，但我也有我的精彩。据统计，国内目前有14亿人口，在这14亿人口中，有一千七百三十多万盲人，被称为国宝的大熊猫数量在两千多只，但和我一样在服役的导盲犬只有两百多只。

我们导盲犬的数量少，不是因为可以挑选的狗少。相反，许多狗都可以训练成导盲犬，常见的有拉布拉多、黄金猎犬、德国狼犬等。在选择预备役导盲犬时，还需要查血线。如果这只幼犬的父母、祖父母有伤人，甚至脾气不好的记录，就会被立刻淘汰。即使“家庭背景”没有问题，如果在训练中发现有任何异常，也是“一票否决”。所以，我们导盲犬是所有工作犬里淘汰率最高的犬种。

好了，说说我们参训吧。一般而言，我们的参训过程长达18个月，分为三个阶段。第一阶段有近一年的时间，这个阶段主要是熟悉人类的居住环境，如房子、商店、餐厅、电梯、汽车等，以及掌握基本的指令，如坐、立、行走、等待等；到了第二阶段，我们要到专业的培训学校集中培训，为期5个月左右。在这个阶段，培训我们的必须是职业训练师，我们的训练内容主要有走直线、听指令、练技能等；进入第三阶段，也就是实习阶段，为期2个月左右。在这个阶段，我们与未来的主人互相认识、互相了解，毕竟往后要朝夕相伴、风雨同行。

正式服役后，我们就成了主人的眼睛和助手。随着时间的推移，日久生情，我们成了主人的忠诚伙伴、亲密家人。不过，与那些宠物狗一样，我们也喜欢玩耍，需要活动，渴望被关爱。我们也会撒娇，会偷懒，会生气，像高叔遭遇了不公平，我同样会很伤心，实在气不过了，就在一边偷偷地流眼泪。还有，虽然我们经过了严格的训练，但我们和人类一样，也是有弱点的。例如，面对美食，我们也抵挡不住诱惑。所以，当我们在工作时，你们不能给我们喂食，以免我们分心。同样，也不能随意抚摸，不能故意呼唤，我们得一心一意地照顾主人。

最后要说的，也是我最想说的，是我们渴望被你们人类接受和悦纳。虽然我们的主人带着我们出入公共场所有法可依，可出于种种原因，我们还是背负了许多负面的标签。我们的主人，你们是知道的，他们虽然和你们同处一个世界，可是他们有太多的无奈和无助。很多时候，他们只是想感受一下外面的阳光，只是想感受一下傍晚的微风，只是想感受一下人群的笑声……可一想到那么多的不便，他们就惶恐了。而他们的局促、慌乱、无所适从，你们都是耳闻目睹过的，那场景让我想想都心酸。

我们的存在就是希望能给那些看不见光明的人带来便利，带给他们一种尊严，一种自由出行、自由生活的尊严。亲，这就是我——一只导盲犬的心愿，您知道了吗？

# 戴好头盔，防止澳洲钟鹊的攻击

□文/华语平

每年春夏时节，澳大利亚的男女老少都衣装靓丽，骑着单车，戴上防护头盔。令人感到奇怪的是，防护头盔上还有几根萌萌的Wi-Fi天线。难道是澳大利亚人喜爱上网？头戴Wi-Fi是为了随时随地上网吗？

事实并非如此，澳大利亚人头戴Wi-Fi不是为了方便上网，而是为了避免鸟类的攻击，用来防鸟的。什么？防鸟？没错！

澳大利亚有一种鸟，名为澳洲钟鹊，又叫黑背钟鹊，俗称澳大利亚喜鹊。一看这个俗称，你应该会想它们和中国常见的喜鹊差不多吧？确实，从外形上看，它们的确和我们常见的喜鹊个头差不多，羽毛颜色也是黑白分明，唯一不同的是澳洲钟鹊的尾巴没有中国喜鹊那么长，它更像我们常见的鸽子穿上了喜鹊的“衣裙”和“马靴”，又故意要和喜鹊有点区别，把喜鹊那黑白两色衣裙做了点随意的混搭“截短”改变，于是弄得自己不像喜鹊，不像乌鸦，也不像鸽子。

澳洲钟鹊广泛分布于澳洲大陆和新几内亚南部，是澳大利亚最多才多艺的鸟类，可以发出很多种不同的叫声。人们对它可谓是又爱又恨，恨的原因很简单，它喜欢攻击人类。

每年到了繁殖期，澳洲钟鹊就会变得具有攻击性，攻击那些接近它们巢穴领地的路人，不管你是帅哥美女，还是老人小孩。

当行人或者骑单车者进入澳洲钟鹊鸟巢50米至100米范围内就会受

到攻击。澳洲钟鹊的巢在树上，也很隐蔽，如果一不小心走进它们的领地，它们就会秒变战斗机，对你发出攻击。攻击也分不同的级别，最低层次的是用叫声发出警告，或者在远处低飞俯冲；其次是近距离急降，甚至啄入侵者的面、颈、耳朵或眼睛；更严重的是，它们还会俯冲下来，并用厚实的胸部撞向入侵者。

如果你以为澳洲钟鹊只不过是小鸟，攻击无伤大雅，那你就大错特错了。当它们像战斗机一样快速俯冲下来时，会令你猝不及防，被猛啄一口。尤其是当它们喙爪并用，重击你的头和脸时，伤害程度真是不容小觑，极有可能造成破相，眼睛受伤感染，甚至造成视网膜脱落，导致失明。如果再逢禽流感之类疫情暴发，那后果更是不堪设想。

每年春天，澳洲钟鹊雌鸟开始产卵孵化时，雄鸟的攻击性就会显露出来，随着雏鸟长成，它们的攻击力也与日俱增，直至幼鸟离开鸟巢，这种攻击才会停止。

如果人类企图阻止澳洲钟鹊的攻击，比如拆鸟巢，把它们赶走等，会更加激怒它们，使它们变得更凶残，更具有报复性。因为它们会拿出玉石俱焚、鱼死网破的拼劲，不顾一切后果，直接攻击人的面部。试想，若十几二十多只鸟儿发疯来袭击，跟你玩命，你能hold住吗？

如今，澳洲钟鹊早已适应了与人类一同生活，在澳大利亚的城市和乡村，它们随处可见，而澳大利亚人也习惯了与澳洲钟鹊和平共处。为了避免无谓的攻击和伤害，人们也是八仙过海，各显神通。若途经澳洲钟鹊的鸟巢，人们一般会配带宽边帽或打开伞。有的行人会在帽子或头盔上涂上眼睛等图案，想吓走澳洲钟鹊。单车头盔并不能提供很好的保护，因为澳洲钟鹊会从侧面攻击人的头部及颈部，于是人们在头盔上加装Wi-Fi天线，或者在单车上挂旗子……所有这些无非是想吓唬它们，或者给它们设置障碍，让它们不敢轻举妄动。

看看，只要人们开动脑筋，和这些可爱的小恶霸们和平共处也不是难事。

# 热爱水的“火精灵”

□文/张春青

你见过能捧在手心里的“迷你小恐龙”吗？它不但呆萌乖巧，而且有超强能力，以雪花为食，在有风助力的时候就会喷射出浓烈的火焰，像火旋风。这就是电影《冰雪奇缘2》中，身上印着“火”字标记，被圈粉无数的“火精灵”——布鲁尼。

“火精灵”布鲁尼的原型是火蝾螈。火蝾螈身材娇小，身长在15厘米至25厘米左右，体重约40克，呈黑色，有黄色斑点或斑纹，有的甚至是全黑，或以黄色为主色，也有红色和橙色的，分布区域遍及欧洲大陆。雄性和雌性火蝾螈极具夫妻相，很难分辨，它们的寿命一般在十几岁左右，但也不乏长寿者，在德国的亚历山大柯尼希博物馆就有一只火蝾螈达50岁高龄。

火蝾螈的样子有点像小恐龙，也有点像它远在中国的亲戚——守宫。但是，它并不是爬行动物中的某种蜥蜴，而是一种两栖类动物。与其他两栖类动物一样，火蝾螈的幼体用鳃呼吸，童年在水中摸爬滚打，成年后会长出四肢，并用肺呼吸，爬上陆地，喜欢栖息在潮湿的落叶、树根和乱石之中。火蝾螈喜欢夜生活，如果在雨季，白天也很活跃。它们形体虽小，却不是吃素的主儿，昆虫、蜘蛛、蚯蚓及蛞蝓都是它们的日常主餐，有时也会用青蛙打打牙祭。

热爱水与潮湿的火蝾螈，是怎么跟火扯上关系的呢？缘由大概是它们体色鲜亮，明黄色的斑纹好似火焰。另外，火蝾螈在冬眠时会藏身在枯木中，人们把枯木捡回家当柴烧，燃烧时火蝾螈烈火难耐，从火中腾飞而出，人们就把它误认为是“火中神兽”。

至于火蝾螈可以令火熄灭，这是因为它喜欢栖息在潮湿的环境中，很多人就想当然地认为火蝾螈是一种属于阴寒的生物，与火相克。1716年，英国《皇家学会哲学汇刊》记载，把一条火蝾螈丢在火中后，它“瞬间胀大，而且吐出许多黏质，浇灭了旁边的煤火”。实际上，这很可能是它们在拼死挣扎时，从皮肤渗出许多黏液，甚至在肌肉力量下把黏液喷射了出去。

长期以来，火蝾螈一直被看作是脚蹬风火轮的“火中神兽”，加之人们的揣测，到了16世纪，德国炼金术师帕拉塞尔苏斯正式将火蝾螈定为火元素的代表性精灵。

如果你仔细看电影，会发现“火精灵”有个特别可爱的动作，有时候会用舌头舔自己的眼睛。现实中的火蝾螈就喜欢做这个动作，这是因为它们没有眼皮，如果眼睛里进了沙子，无法靠眨眼睛把沙子冲掉，只能用舌头来舔。

问题又来了，没有眼皮，火蝾螈怎么睡觉呢？别担心，火蝾螈自有遮光的小妙招。如果你养过猫，就会发现晚上的时候，猫咪的眼中央呈现出圆圆的一个黑洞，而到了白天，这黑洞就变成了一条缝。这是猫的瞳孔因为光线的变化而产生的变化，目的是保证正常量的光线进入眼睛。没有眼皮的火蝾螈在睡觉的时候，瞳孔也会像猫那样闭合起来，几乎可以完全把光遮住，那样就不妨碍它正常睡觉了。

后来，人们还发现了火蝾螈还有一个神奇的本领：四肢再生功能。即使它为了保命，导致“手断脚残”，生活不能自理，过后便会重新长出完好的新肢体，这种能力在脊椎动物中是独一无二的。

这么可爱的萌宠，你是否也想养一只呢？

# 黑猩猩钓白蚁的餐桌文化

□文/晚　星

黑猩猩主要分布于非洲靠近赤道附近的热带雨林，过着群居生活，通常由一只雄性黑猩猩做首领。黑猩猩是已知的、除人类之外最聪明的动物，会制造和使用一些简单的工具，完成较为复杂的任务。起初，人们普遍认为只有人类才能制造和使用工具，直到发现黑猩猩钓白蚁的行为。

为了吃到白蚁，黑猩猩会从树上折断一节小树枝，去掉叶子，然后把树枝的一端像使用鱼竿一样伸入白蚁巢，等蚁巢中的兵蚁爬上钓竿后，就拎起来塞到嘴里吃掉。人们原本以为黑猩猩钓白蚁的技巧单一，但这一观点随着一篇论文的发表被颠覆了。

德国马克斯·普朗克演化人类学研究所的克里斯多夫·伯施等研究人员，在国际学术期刊《自然·人类行为》上发表了一篇论文，详细地描述了黑猩猩钓白蚁餐桌文化的多样性。他们利用相机，对黑猩猩分布区内的46个族群连续监测了8年，其中，10个族群的1463段视频里都出现了钓白蚁的行为。经过分析，研究人员发现不同族群的黑猩猩具有不同的钓白蚁餐桌文化，主要体现在工具类型、工具修饰和操作技巧等要素方面。

要说最明显的差异，就是白蚁巢的选择。在世界上已被发现的三千多种白蚁中，有的会在地上形成高耸的白蚁丘，而有的则只是在地下建巢。根据白蚁巢类型的不同，黑猩猩钓白蚁也相应地分为三大门派：地上派、地下派，以及既有地上派个体又有地下派个体的“两面派”。

地上派的黑猩猩会用一根细长的树枝深入白蚁丘的通道内，待兵蚁咬住树枝，就把它们钩出来吃掉。而根据所用树枝的软硬、是否对树枝修饰及具体操作手法等的不同，地上派又可以分为六个小派系。比如，卡扬派黑猩猩大多喜欢用硬树枝钓白蚁，使用前还会咬一下树枝末端，修饰自己的工具，钓到白蚁后，卡扬派黑猩猩会单手把树枝送到嘴里，吃掉树枝上的白蚁；而古阿卢戈派黑猩猩只会选择使用硬树枝钓白蚁，并且会用手指打开巢穴通道，吃白蚁时喜欢单手把白蚁先从树枝上捉下来，再放入嘴里。

地下派黑猩猩钓白蚁的工具比地上派的更加复杂，它们使用的工具是两根粗细不同的棍子，先用粗棍子把地面破开一个洞，暴露出白蚁巢的通道，再用细棍子来钓白蚁。地下派黑猩猩的钓白蚁餐桌文化也可以进一步划分为六个小派系。比如，比利时派黑猩猩喜欢坐着钓白蚁。在钓白蚁前，它们喜欢用粗树枝拍打蚁穴上方的不同位置，似乎是在根据声音或质地判断哪个地方更好下手。在吃白蚁时，它们一般会将胳膊送到嘴前，吃手腕和小臂上的白蚁。而旺加旺格派黑猩猩则喜欢侧卧着，将树枝顺着胳膊肘附近插入蚁穴。吃白蚁时，它们会移动头部，将嘴凑到树枝前去吃白蚁，并且它们还会和后代共享自己钓白蚁的树枝。

另外，研究人员还发现，钓白蚁餐桌文化是每个族群的黑猩猩们一代一代传递和积累下来的。小黑猩猩在学习钓白蚁时，会凭借极强的模仿能力，通过长辈们的“身教”学会钓白蚁技能。而个别黑猩猩还可能会加入一些自己发明的新要素，从而改进钓白蚁文化。这一过程如同人类文化的演变，这也是造成黑猩猩钓白蚁餐桌文化多样性的另一个重要原因。

# 给鲸称体重，总共分几步？

□文/木　夕

鲸的身体很大，最大的体长可达三十多米，最小的也超过5米，这个“灵活的胖子”的体重一直是令科学家头疼的难解之谜。因为这个庞然大物一直在海里活动，科学家无法捉住这个几十米长的大家伙儿，然后简单粗暴地把它放到秤上称体重，也不可能游到海底深处拿卷尺去测量。为此，人类一直在探索如何给鲸称体重的路上。

最近，这个问题被来自丹麦奥尔胡斯高等研究院和美国伍兹霍尔海洋研究所的研究团队攻克了。古有“曹冲称象”，今有“摄影量鲸”，该研究团队在不伤害鲸的前提下，设计了一种名为“摄影测量法”的技术——根据空中无人机拍摄的照片来测量鲸的体重。

为了长期固定地拍摄到南露脊鲸，研究团队找到了一个合适的地方——阿根廷丘布特省瓦尔德斯的中央半岛，该岛周围有两个大型的海湾，海水不深且清澈，是鲸聚集生活、交配繁衍的佳地，也是研究鲸的好地方。

研究团队每天都会在陆地上起飞无人机，然后慢慢靠近理想的海岸线，拍下大量鲸的照片。借助无人机拍摄到的照片，研究人员能测量出鲸的长度、宽度、高度和体围，再根据这些测量值建立精确的3D模型，以此精确计算出鲸的体积。不过，体积与质量的关系并不对等，体积是量度物体所占空间的大小，而质量才是物理的量度，也就是相对意义上的重量。所以，研究团队还需要知道南露脊鲸的密度，才能准确地测量出南露脊鲸的重量。

但是，南露脊鲸的密度如何得知呢？1937年，一条全球通用关于捕捉南露脊鲸的禁令出台，为研究其外形、生活习性的捕杀活动早已停止，研究人员如何获取相关数据呢？

幸运的是，研究人员发现了另一种得知南露脊鲸密度的方法，他们找到与南露脊鲸亲缘关系很近的北太平洋露脊鲸的历史记录。一些北太平洋露脊鲸曾在一次科研捕鲸活动中被杀死后，留下了大量的数据记录，记录里不仅有它们的长度和体围，还有最重要的重量。研究人员根据长度和宽度，就可用3D模型算出每头死鲸的体积，然后根据重量算出密度。因为北太平洋露脊鲸与南露脊鲸极为相似，两者几乎无法从外观上进行分辨，仅靠无人机的测量结果，就可以推算出南露脊鲸的重量。

当然，"摄影测量法"并不是人类首次使用的测量方法。在传统的测量方法中，大部分的测量数据都来自于捕鲸业，研究鲸体重的科学家一直以来只能够称重搁浅或死亡的鲸的体重。然而，新的称量方法不需要杀死它们，就能测算出一个个鲜活的数字。

"摄影测量法"不仅适用于鲸，还可以应用于其他难以称重的海洋动物。此外，"摄影测量法"使研究人员能够随着时间的推移跟踪动物，密切关注动物长期的健康状况。

研究团队在一次又一次的探索中，找到了与鲸共存的方法，无须暴力，不见血腥。因为，研究这件事一直都不是过去式，而是现在未来时……

# 当北极熊和企鹅成为邻居

如果将企鹅迁徙到北极，或将北极熊运到南极，它们的命运将会如何？

# 河马与史前河流

□文/冉　浩

当徜徉于山清水秀的景区，你是否会感慨城市的污浊？当站在水边，看着清澈的河水，你是否会想到城市里污浊的河流？有时候，你是否会有这样的想法：假如这个世界上没有人类，大自然肯定会特别美好吧？然而，非洲的一项研究给出了一个不太美好的答案。

这个研究试图在马拉河上找到史前时代河流的生态线索。马拉河非常出名，它是流经东非大草原的主要河流，举世闻名的角马大迁徙就发生在这里。这里也是世界上为数不多的相对原生态的环境之一，非洲象、长颈鹿、河马、野牛、狮子等大型动物都生活在这里。而在亚欧大陆的大多数地区，随着人类文明的孕育和发展，大型动物被作为猎物几乎消耗殆尽，这样的景象早已不复存在。

最初，引起研究人员注意的是马拉河经常出现的“死鱼事件”。他们注意到在某个区段，只要河水上涨一些，总会有死鱼被冲上岸，有时候甚至达到上千条。这些鱼很快会被其他野兽解决掉，且往往不会引起注意。但是保护区的巡视人员知道这件事，只是他们把责任归咎到了上游农民使用的农药上。

然而，这并不是农药的错。

经过层层排查，研究人员最终把目光锁定在上游的河马身上。在上游100千米长的河道上，有约4000头河马，它们上岸吃草，却在水里排泄——这些大家伙会产生大量的粪便。粪便沉积在河底，或者随水漂到下游。如果在下游拉起一张网，那么网上很快就会挂满河马粪便的残渣。

这些粪便滋养了微生物，它们需要消耗氧气来进行分解。在平常，这并不会引起大问题，但是一旦雨季来临，河水上涨，问题就来了。汹涌的河水在短时间内将上游沉积的粪便搅起，就像冲马桶一样把多日积累的粪便推向下游。河流暴涨的“粪便浓度”立即会引起微生物的爆炸式繁殖，河水中的氧气被大量消耗，引起环境过载。由于缺氧，导致很多鱼类窒息死亡，这才是“死鱼事件”的真正原因。

更多的研究显示，马拉河里不仅富含粪便，还充满了尸体。举个例子，每年在角马迁徙渡河的时候，就有不少角马溺死在这里，留下上千吨的尸体。除了河马和角马，还有大量的动物在不停地向河流中输送粪便和尸体。这使得马拉河成了一条“营养传送带”，动物们将从陆地上获得的物资带入河流，然后输送到下游，滋养着这片草原。

而这条河流本身，当然不可能是潺潺清流。它的状态，很可能就是在人类出现以前，巨兽横行的时代，相当多的河流的写照——充满尸体与粪便，甚至偶尔会污浊、腐臭到鱼类都难以生存，但它是整个生态系统中的一环，把上游肥沃的有机质带到下游，并滋养了这片土地。

# “颤抖巨人”最后的呼声

□文/尹　丹

“我在地球上活了80000岁，可是我正在走向灭亡……”这是一棵树的独白。

这是一棵什么样的树，它为什么能活80000岁，重量达到了590万千克？

它，是生活在美国犹他州鱼湖国家森林保护区里的一片金叶白杨。这被称为“潘多”的金叶白杨，又被人们称为“颤抖巨人”。

虽然说“颤抖巨人”就是北美的一大片金叶白杨，不过“颤抖巨人”跟普通的金叶白杨不同，因为它长出来的数千棵树都共享一个母树根。当一阵风吹来，数千棵树的叶子会一起抖动，金黄色的叶子仿佛瀑布般缓缓飘落，形成落叶雨。那金黄金黄的叶子翩翩起舞，仿佛下了一场“黄金雨”，那景色真是相当壮观，所以才有了“颤抖巨人”这个称号。

“颤抖巨人”占地约0.42平方千米，在土壤下面存在超47000个遗传上完全相同的根茎，这些根茎都是由一个本体根茎复制而来，可以说是一个母亲和千千万万个孩子同时屹立在大地上。不得不承认，它的存在就是一种奇迹。

然而，现在“颤抖巨人”80%以上的树木正处在危险状态，而罪魁祸首是骡鹿。来自美国西部颤杨联盟负责人、犹他州立大学的兼职副教授保罗·罗杰斯和他的研究团队对比了72年来“颤抖巨人”的航拍照片，他们发现，树林明显比以前稀疏了很多。自从20世纪70年代以来，“颤抖巨人”树林之间就出现了很多空隙，这说明老树正在死亡，而新的树木还没有填补进来。虽然老树干枯、死亡是自然而然的状态，可是不符合自然规律的是：老树死亡，新树却长不出来。研究团队测量了“颤抖巨人”大部分树林的健康状况，计算出新生树木的数量和死亡树木的数量，并且对新茎的数量和啃咬动物进行了追踪，他们吃惊地发现，“颤抖巨人”的新生树芽成了骡鹿的“盘中餐”。

如果把树木比作人的话，“颤抖巨人”完全是由“高龄公民”组成，大多数区域没有“中青年”树木。罗杰斯告诉大家，在过去的几十年里，数百只骡鹿一直在啃食从“颤抖巨人”母体上冒出的新芽，以至于最近的这些年里没有长出年轻树木。

说到这里，大家一定特别好奇，造成“颤抖的巨人”消亡的骡鹿到底是什么？为什么会有如此多的骡鹿呢?

事实上，骡鹿的疯狂发展是人为造成的。

因为在20世纪初期，猎人们猎杀了大量的狼、灰熊等自然捕食者，并以此换取金钱。但是，长期的捕猎导致动物的生物链发生了变化。因为狼、灰熊等动物的消失，所以处于它们生物链下端的骡鹿及各种食草动物迅速发展起来。食草动物越来越多，所需要的食物也越来越多，所以“颤抖巨人”长出来的新芽都被它们吃掉了。

罗杰斯指出，我们可以采取办法限制骡鹿及其他食草动物的数量，同时用围栏阻止它们接近“颤抖巨人”。2013年左右，有一块“颤抖巨人”的生长地区被圈起来后，五年内长出了数千株树木，高约3.6米至4.5米。在这里，围栏似乎发挥了作用，使得这一地区繁盛兴旺起来。

因此，如果想让“颤抖巨人”继续陪伴人类走下去，那么人类必须出手保护它了。

“求求你，救救我……”这是“颤抖巨人”最后的呼声。请人类不要再破坏生态平衡，肆意滥杀动物，让这位80000岁的金叶白杨存在得更久远些吧。

# 如何把蜗牛放进琥珀里

□文/马小磨

你想拥有大侦探的智慧吗？你想与生物学家一起破获发生在一亿年前的一桩迷案吗？请随我来吧。

案子发生在一亿年前，与蜗牛有关，但是直到2016年，“遗留物”才偶然被人们发现。你肯定能猜到这个“遗留物”早已变成了化石。没错，这是一枚包裹着两只蜗牛的白垩纪蜗牛琥珀化石，其中一只蜗牛的一对触角、眼睛、厣、足部和其他一些组织都被保存得很完好。

这枚琥珀一经发现，立刻震惊了整个生物界，因为这是迄今为止发现的世界首例保存最完好、年代最古老的蜗牛琥珀。为此，中国地质大学邢立达副教授和多个国家的生物学家组成研究团队，历时两年之久，终于破获了这桩一亿年前的迷案。

那么，将一只蜗牛完整地装进琥珀，需要几个步骤呢？

既然是琥珀，那么案发地点一定是树脂比较多的地方。根据火山灰测定，缅甸北部克钦邦胡冈谷地的琥珀距今有一亿年之久。案发那天，肯定碧空万里、烈日炎炎，树脂不断地从树枝里往外冒，越积越厚，越积越大，散发出阵阵香气。终于，一大滴树脂落了下来，紧接着，是第二滴、第三滴……

有了合适的作案现场，我们再来推测蜗牛的基本情况。根据“遗留物”分析，两只蜗牛全部被包裹，其中一只保存得特别完整，那么这只完整蜗牛的个头应该不超过一厘米，否则根本无法被一滴树脂完全包裹。这一天，蜗牛跟往常一样，邀上同伴，在必经的路上玩耍，或是在陌生的地方探险。总之，它们根本没有料到会有一滴树脂从天而降，更没有想到这滴树脂能让它们“永垂不朽”。那一瞬间，它们正伸着触角，缓慢又开心地爬行着。

本案的凶手无疑是热情难缠的松柏树脂。在以往的各类“作案”过程中，它只需随意一粘，被选中的动植物就会十分配合，将自己的身体完好无损地交给它制作成琥珀。

有过捕捉蜗牛经验的小伙伴们都知道，为了自我防御，蜗牛在遇到外界刺激和威胁时，会迅速把自己柔软的身体收回壳中。所以，在以前发现的蜗牛琥珀中，要么只有蜗牛的一小部分组织，要么只有一个空壳。

为防止小蜗牛的身体快速缩回壳内，这滴树脂绝对不会按常理出牌，一定事先做好了周密细致的调查研究，同时练就了快速封存蜗牛的“撒手锏”。这“撒手锏”是什么？生物学家们也曾百思不得其解，他们在野外找来一只蜗牛，分别从不同的部位进行反复试验，发现蜗牛的触角部位非常敏感，而尾部反应就迟钝得多，收缩速度也明显缓慢得多。由此断定，树脂的“撒手锏”就是，在拥抱蜗牛的瞬间，首先接触的是小蜗牛的壳体，阻止它身体缩回，之后迅速将它全身揽入怀中。

世界上有很多事情，只有通过相互间的合作才能完成。树脂深谙其中的道理，当第一滴树脂成功封锁了小蜗牛的退路后，其他树脂前赴后继，一滴接着一滴，落在挣扎中的蜗牛足部，让它越陷越深，同时在小蜗牛睁大好奇的眼睛时，也成功落入一滴。

渐渐地，这团树脂越来越厚、越来越重。小蜗牛不堪重负，体内的气体和液体被挤进树脂中，形成了一个小泡泡。这些泡泡又限制了它的头部和足部的动作，最终使它不再动弹。转眼，历经了沧海桑田，小蜗牛竟睁着好奇的眼睛，看了一亿年的风景。

至此，推理结束。当然，此推理并非来自你和我的天马行空，而是来自研究团队破案后发布的研究报告。

# 槿花一日，自当为荣

□文/王思宇

最近因为工作原因，我要搜集整理白居易的相关资料，偶然间看到“松树千年终是朽，槿花一日自为荣”，只觉得心头一动，而后感慨良久。

其实，我在读小学三四年级的时候，就见过这句诗，不过从那时到近前，基于我苍白幼稚的人生阅历，只是觉得这样的句子对白居易来讲，实属寻常，了无新意。木槿花，开花时间较短，一般朝开暮落，我一直以为白老先生只不过是借着这花发牢骚。

直到有一天，我看了一部名为《寻访千利休》的电影。千利休，是日本茶道的“鼻祖”和集大成者，对日本茶道的发展影响极其深远。电影中有这样一幕：年轻时的千利休，想要解救被贩卖到日本的朝鲜公主，结果被追兵围堵在一个海滩的小屋内。两人语言不通，于是千利休便用当时作为中、日、韩知识阶层通用的汉字与朝鲜公主进行沟通，千利休写道：“汝欲成蛮王奴婢乎？”意思是：究竟是选择短暂的自由，还是长久的不自由？

公主摇了摇头，而后手书：“槿花一日自为荣。”

木槿花，剧中的公主用这朵花做出了关乎生死选择时的回答。人生这么长，总要去学点儿什么，从哪里学到都可以，只要最终接触到的于我们而言是好的事物。那一刻，我才深深体会到人生之美，在这一日自为荣的槿花的意蕴之中，虽娇嫩柔弱，却坚韧高洁。

人生一世，草木一秋，皆是不以人的意志为转移的规律。“松树千年终是朽，槿花一日自为荣”，自然界是如此，人生也概莫能外，有生必有死，所以人们应该“何须恋世常忧死，亦莫嫌身漫厌生”。因为有生有死，才符合自然发展的规律。正确的人生态度应该是：多考虑如何在自己的有生之年，如木槿花般在短暂中生出绚烂。

我曾始终觉得，美好的总是短暂的，越绚烂，越短暂，就像那转瞬即逝的落日，就像那斜倚山峦的满月，就像儿时追逐着落日的时光。短暂的美好曾困扰着我，我同很多人一样焦虑着，被现实中烦琐的事务累得心烦意乱；对未来很迷茫，不知道自己最适合做什么；为自己辜负过的青春而感到后悔，有了一种害怕来不及的焦虑……各种乱七八糟的幻想、无休止的欲望使得自己的心灵一直处于焦灼状态。但在懂得一日为荣的槿花后，一股心旷神怡的感受涌上心头。

我突然明白了这个道理，那就是你在做一件事情的时候要专注，无论这件事情多么微小，你也要专一地体会它的每一个瞬间。

“珍惜时光”，我们从小在这样的教导下成长，它来自父母、老师，甚至周围的一切警句。“珍惜时光”伴随着我们整个成长生涯，我们熟知，却似乎从不相识。但当你到了某一个年龄，或者看到某一句诗时，就会突然发现这句话无比的正确。王小波在《黄金时代》中写道：“那一天我二十一岁，在我一生的黄金时代。我有好多奢望。我想爱、想吃，还想在一瞬间变成天上半明半暗的云。”我们不好为未来做太多的准备，过好今天才是今天最重要的事情。

一朵花衰败后绽放，一朵花开之初希望从外向里张望。短短的一日是唯一，也是所有你能拥有的。你的整个生命就是在这个永恒一日的空间中展开的，而这个永恒的当下也是唯一不变的常数，所以何必眷恋尘世常怕死，也不要嫌弃而厌恶生活。

槿花一日，自当为荣。在有生之年活出自己的精彩，便可无憾。

# 有侏鸬鹚自远方来

□文/阮华君

有一则消息传遍了中华大地——新疆玛纳斯湿地发现了四十多只侏鸬鹚。鸟类学家、生态学者、鸟类摄影爱好者、众多“鸟友”们，奔走相告，为之兴奋不已。

你一定会问，侏鸬鹚是什么？怎么会让那么多人兴奋不已？

相信你一定看过这样的画面：夕阳晚照，湖面平静，一叶小舟，悠然漂荡，舟上渔翁披蓑戴笠，几只鱼鹰蹲在船头。那鱼鹰就是鸬鹚。

那么，侏鸬鹚也是鱼鹰吗？告诉你，所有鸬鹚科的鸟儿都是“鱼鹰”，也都是捕鱼能手。侏鸬鹚，顾名思义就是鸬鹚中的“侏儒”，它们是鸬鹚家族中体型最小的成员，体长只有45厘米至50厘米，双翅展开也不过80厘米至90厘米。

但是，别看人家个头小，颜值还是很高的。侏鸬鹚全身不像普通鸬鹚那样是黑色的，而是深棕色的，只有头部是棕色的，羽毛泛着金属般的光泽。其尾巴较长，体态轻盈，可以站在芦苇上，随风摆动。雌雄侏鸬鹚的个头、体貌、羽毛颜色等与麻雀没有什么差别。只有在繁殖期，它们的头与脖子上才会出现红色斑点，这种特性是它们区别于其他鸬鹚的重要标志。

侏鸬鹚的嘴巴没有普通鸬鹚长，但是很坚硬。“上颚”两侧有沟，“下颚”基部有喉囊；嘴端带钩，适于啄鱼；脖颈短粗，灵活自如；两翅长度适中，尾巴圆而硬直，摆动有力；指爪有蹼，便于游泳……所有这一切使它成为捕鱼的高手。淡水湖泊、微咸的海滩水域及杂树丛生的湿地芦苇区都是它们最喜欢的栖息地，小鱼、小虾和小型甲壳类水族生命是它们的主要食物。

这看起来很平常，为什么会让那么多人兴奋不已呢?

侏鸬鹚属于候鸟，它们的繁殖地主要在欧洲东南部（东至意大利）、俄罗斯和中亚等地，越冬地在阿尔巴尼亚、希腊、土耳其、塞浦路斯、伊拉克等地。据新疆观鸟会查阅的资料显示，20世纪初，有研究人员对1908年至1909年在喀什噶尔地区所采集的鸟类加以详细的整理，写成《喀什噶尔的鸟类》一书，书中记录了有人在新疆发现过侏鸬鹚，这是迄今为止关于侏鸬鹚在中国境内分布的唯一记录。从那以后，一百多年过去了，全国各地的鸟类学家、生态学者、鸟类摄影爱好者、众多“鸟友”们就再也没有看到过这种鸟儿了。

一位哈萨克斯坦“鸟友”发表文章说，在哈萨克斯坦的塔尔迪库尔干市，距离中国新疆与哈萨克斯坦边界不远的地方，发现了侏鸬鹚的一个种群。那儿距离伊犁边界处仅110千米左右。针对这一发现，新疆观鸟协会资深“鸟友”分析：该点位的侏鸬鹚生存环境与伊犁地区环境非常相似。这意味着，在伊犁河谷地，包括新疆境内的其他地方，也有可能出现侏鸬鹚这个物种。现在，有人在新疆玛纳斯湿地发现了几十只侏鸬鹚，恰好印证了当时观鸟会那位资深“鸟友”的大胆预测。

侏鸬鹚在全世界都是一个稀有物种，在欧洲也呈点状分布。如今，这一稀有物种在新疆大量出现，实属罕见，对于整个鸟学界都是一件轰动的事。专家认为侏鸬鹚之所以会在每年11月下旬出现在新疆，也许是在迁徙途中迷了路，也有可能是在寻找新的越冬地。

子曰：“有朋自远方来，不亦乐乎？”不管这些侏鸬鹚本来就是新疆的原住民，还是千里迢迢从欧洲、中亚迁徙时迷路了，抑或是重新寻找新的栖息地而来到新疆，都是一件值得高兴的事儿。

# 蓝鲸发射的母爱

□文/乔　娟

蓝鲸是哺乳动物，既然是哺乳动物，就逃不掉喝奶这个规律。可是蓝鲸生活在水下，它的孩子究竟是怎么喝奶的呢？如果直接喝，那岂不是会同时喝下海水和乳汁勾兑的假奶？如果雌鲸喂奶的时候找块礁石趴着，那么大个块头，还不得搁浅了呀。要知道，蓝鲸可是已知的地球生物中体积最大的家伙儿，它身长可达33米，体重大约180吨，只有在100米深的水下，它才能自由自在地展现自我。

那么，蓝鲸究竟是如何安然度过哺乳期的呢？让我们走进蓝鲸的世界了解一下吧。

《动物世界》曾科普过，蓝鲸没有鳃，它是用肺来呼吸的，每隔几分钟就要浮上海面，将体内的水气混合物喷出，再吸进新鲜空气。一只成年蓝鲸一次可以吸入15000升空气。如果海面上温度太低，它喷出的气流就会化成水汽，制造出海面上最拉风的景观：喷潮，这股巨大的水柱能达到9米高。如果来点音乐，那可就是货真价实的海上音乐喷泉啦！

呼吸是蓝鲸生存的第一要务，所以刚出生的小蓝鲸要学会的第一件事不是吃奶，而是呼吸，否则它就会在水中窒息而死。蓝鲸出生后，雌鲸会拖着疲惫的身体，拼命把小蓝鲸托出水面，让它吸进第一口空气。

小蓝鲸要学会的第二件事就是吃奶。雌鲸的乳房长得很另类，位于生殖孔两侧，像两个细长细长的奶瓶儿，不显山不露水地隐藏在皮肤的小沟中，你不仔细看的话，根本发现不了。哺乳时，雌鲸首先要把乳房从沟里伸出来，眼疾嘴快的小蓝鲸再快速用舌头把乳头卷住。此时，雌鲸会暗暗用力，将奶汁发射到小蓝鲸的嘴巴里。

地球上恐怕再也找不出这样独特喂奶方式的生物了。为了保证小蓝鲸的茁壮成长，雌鲸每天的任务就是吃。它一口能吞下50吨海水，然后通过鲸须将海水过滤出去，那些留下的磷虾就是最优质的奶源。

为什么雌鲸要用发射的方式喂奶，而不像人类那样，让小蓝鲸自己主动吸食呢？这是由它们的呼吸方式决定的。小蓝鲸要时不时地跃出海面呼吸，如果吃奶时间过长，就会被活活憋死。再则，小蓝鲸的嘴唇不能自主衔住乳头，只能用舌头去卷。在母爱的驱使下，雌鲸发明出了这种独一无二的喷射式喂奶法，且每次喂奶的时间能精确到秒。我们眨下眼的瞬间，雌鲸就完成了一次喂奶。这短暂的一刻效率超高，雌鲸一次可以喷出约10公升乳汁，这样持续喷射10次，小蓝鲸才能吃饱！

根据蓝鲸的体型可以推断，蓝鲸的哺乳期肯定超长。是的，雌鲸要喂满4年才能给小蓝鲸断奶。雌鲸的乳汁是白色的，营养十分丰富，其中脂肪的含量是牛奶的10倍。靠着营养丰富的乳汁，小蓝鲸发育得很快，8个月后就能长到15米，体重达到23000千克。到了这个阶段，单纯吃母乳是会营养不良的，小蓝鲸可不想让自己变成弱势群体，于是海面上漂浮的各种浮游生物就成为它最美味的点心。

温暖海水与冰冷海水的交汇之处，是蓝鲸的绝佳栖息地。冰冷海域的特点是富含大量浮游生物和磷虾，它们就是蓝鲸的主食。小蓝鲸长到2岁半时，就可以自己张嘴吃各种浮游生物了。母乳的供给，再加上自己那张勤奋的嘴，小蓝鲸的体重可是一日三变地往上增长，8年左右就可以达到性成熟。然后，蓝鲸群体开始延续世世代代的生存模式：求偶、交配、怀孕12个月、产崽。而雌鲸会不厌其烦地，一遍遍向幼崽发射母爱。

# 乌桕在江湖

□文/许冬林

乌桕在江湖。

它在偏远江湖，独对秋风，用霜色渲染繁华。

朋友对我说，去皖南看塔川秋色，是一趟不可省略的旅程。我初秋没去成塔川，倒是在白露为霜的初冬时节去宣城时，路过了塔川。车窗边遥望，窗外秋色已是残山剩水。路边的几棵老树下，霜叶落了一层，那是乌桕的叶子。

原来，塔川的秋色，是乌桕来谢幕的。

若没有风，没有霜，塔川便没有秋色。

在塔川的水泥路两边，人们可以看到一棵棵新移栽的乌桕，还带着收不住的乡野之气。这些新移来的乌桕们，呼应着远处丘陵上的野生乌桕，半认真、半散漫地书写着塔川秋色，招引着看风景的人。

我看着那些有着明显移栽痕迹的乌桕们，心里微微一疼，莫名地起了漂泊感。植物也有漂泊感吗？

乌桕，是江湖的乌桕，是山野的乌桕。

风吹乌桕，那是一棵树的沧桑和隐痛。

有一年，在江南的石台县，有一场文人雅集，其中一个活动内容是在残雪覆盖的茶山上，用山雪泉水煮茶。

初冬的山间，视野放旷，山色幽深。我看到了一棵乌桕树。

几乎落光叶子的乌桕，孤零零在山顶上，苍黑色的瘦瘠的枝丫，像隐者现身江湖。这令我心上一阵疼惜。

那棵彻底交卸掉荣华的乌桕，独立于茶山之顶，以异乡者的姿态，缄默不言，在风中。

读南朝乐府民歌《西洲曲》，读到“日暮伯劳飞，风吹乌桕树”，就觉得秋色起来了。其实诗歌里正值夏季，乌发翠钿的女主角怀着相思，在风吹着乌桕树的那个黄昏出门去采莲了。她一边采莲，一边怀人，所思在远道，在江北。

“日暮伯劳飞，风吹乌桕树。”在《西洲曲》里，以景写情，写的是一个正值韶华的女子的孤单——一直觉得这句诗用在这里有点大词小用了。《西洲曲》整首诗画风清丽、轻灵，乌桕在这里像一团墨，还没洇开，重了点。“日暮伯劳飞，风吹乌桕树”，这样的景致带着点苍茫的远意，似乎更应景远在征途的旅人。是啊，日暮时分，倦鸟归巢，晚风摇动夕阳里的一树乌桕，也吹拂旅人宽衫大袖的征衣……

一棵风里的乌桕，属于旅人，属于怀着异乡感的人。

因为乌桕，是野生的树，不具备庭院气质。有庭院气质的树是梧桐、桂树之类的，所以古人的诗句里常有庭梧、庭桂之类的词句，汉乐府里有“中庭生桂树”的句子，辛弃疾写过“风卷庭梧，黄叶坠，新凉如洗”。

读《西洲曲》，越过那个采莲女子的相思，影影绰绰的，似乎总能看到一个远在江北的旅人。在这幅莲花婆娑的清丽画面之外，还有一个苍凉的、渺远的、横阔的画面，无边无际绵延伸向霜寒季节，主角是那个被思念的征人，“日暮伯劳飞，风吹乌桕树”应该是他吟出的。

乌桕不具备庭院的气质，它在江湖，生在江湖，老在江湖。

乌桕是野生的。它是远方的风景。

在古人写乌桕的诗句中，值得玩味的还有唐人张祜的“落日啼乌桕，空林露寄生”。在这句诗里，我能读到旅人的仆仆风尘之气，读到露水似的忧伤，读到“身是客”的人生况味。

命运，给人一程辗转，也给人一片江湖。

秋风，给乌桕一季风霜，也给乌桕一树华彩。

一棵树，寂寂穿越春夏，接纳秋霜严寒，然后把自己最艳丽的时光隆重呈现——它让自己美到悬崖绝壁，然后风吹乌桕，整个大地都蹲下身子来仰视它的坠落。

# 荼蘼不争春，寂寞开最晚

□文/孙丽丽

荼蘼花，一种白色柔软的小花，绿叶青条，品字形的三片花瓣素面朝天，配上线条简洁的淡黄色花蕊，优美纯洁，香味悠远。

我曾在一堵老墙上见过荼蘼花开，白里带着一点粉红，密密麻麻地缀着带刺的枝藤，仿佛是一场生命的怒放，一切来得波澜壮阔。如同爱情，哪怕烟花般转瞬即逝，也要爱得热烈、爱得惊艳，在生命里留下芳香，留下美好的印痕，不留后路，也没有退路。

宋代诗人任拙斋说："一年春事到荼醾。"荼蘼是春天的最后一种花，荼蘼花开，浪漫的花季就画上了句号。彼岸荼蘼，一种末路之美，如此高傲、如此清奇、如此寂寞。荼蘼花开得寂寞而忧伤，犹如默默地爱着一个人，清寂而微苦。

有一句诗："荼蘼不争春，寂寞开最晚。"我第一次读来时，觉得特别美，仿佛能嗅到晚春的那抹香气，又如一个寂寞的女子，端坐在春暮里，任眼前繁花纷纷落下，心思密密，低眉不语。据说这是苏东坡被贬居湖北黄州时，生涯正处于低谷，随之挥笔写下："荼蘼不争春，寂寞开最晚……不妆艳已绝，无风香自远。"诗中蕴含着诗人淡远平静的心，充满着对美好事物的向往，一如荼蘼花开时的寂寞香气，春风送十里，绵绵不绝期。

我最喜爱荼蘼花，即使开到绝路，也执意绽放！没有比执意要开的花更让人叹服，也没有比执着的人生更让人心生敬意的。

人生事，不如意十有八九，其实没必要事事都与人相争，每个人的花期不一样，别人盛开时，也许正是你的蛰伏期，积蓄力量，待以时日，终会到达属于你开放的季节。同事阿苏一直有偏头痛的毛病，不像一般年轻人那样爱凑热闹。后来听她说，白天讲话多了，晚上就头痛失眠，问过不少医生，甚至咨询过心理医生，都于事无补。后来，她渐渐习惯了，选择在实验室工作，大多数时间与仪器相处，很少与人言语。工作之余，为排遣寂寞，她一直在学习写东西，在内心里与自己言语。岁月流转，再见她时，想不到她竟已出版了两本书。她在序里写道："因为无奈，喜欢上一种寂寞的美丽，徜徉在文字里，寻找灵魂的突破口……"

荼蘼花是所有花叶中最独特的，它是花季最后盛放的鲜花，当荼蘼花凋谢后，再无芬芳。比荼蘼花美的花很多，但荼蘼花是骄傲的，它不争春，寂寞开最晚，它的美是末路之美，美得那样动人心魄。

在古代，荼蘼花深受文人雅士的喜爱。《曲洧旧闻》中记载了一个故事："宋代蜀公（范镇）居许下前有荼蘼架，高广可容数十客，每春季，花繁盛时，燕（宴）客于其下。约曰：'有飞花堕酒中者，为余浮一大白。'或语笑喧哗之际，微风过之，则满座无遗者。当时号为'飞英会'，传之四远，无不以为美谈也。"司马光的好友蜀公家里有一个庞大的荼蘼花架，他们常常聚在花架下一起饮酒，那酒令实在太独特了，飘落的花掉在谁的酒杯里，谁就把杯中酒一饮而尽。荼蘼花架下欢声笑语，一阵微风吹过，片片花瓣像雪一样落满众客的衣襟，就花品酒，是多么浪漫的场景。

荼蘼花开得深沉，开得热烈，也开得寂寞。它是所有花中开得最久的，那种幽深与人何处说？花开荼蘼的季节，是一生最浓的风景，在生命的轮回里，谁是谁今生约定的缘，谁又是谁的荼蘼花开？

# 墨西哥的水中胡巴

□文/魏子剑

看过电影《捉妖记》的人应该都会记得里面可爱的胡巴，也希望自己有一个那样萌的宠物吧。可惜胡巴是动画形象，你最多只能拥有一个它的玩偶。难道世界上就没有一个活生生的小动物像胡巴那样可爱了吗？

告诉你一个好消息，这个可以有！它就是墨西哥钝口螈，又叫美西钝口螈。根据它的长相，还有人称之为水中的六角恐龙。可是，我第一眼看见墨西哥钝口螈的时候，却觉得它像胡巴。因为——

**它比胡巴还要萌**

电影里胡巴的样子像根小萝卜，皮肤白嫩，头顶上还有一撮绿色的毛发。

墨西哥钝口螈的尺寸比胡巴小很多，接近一只壁虎或者蝌蚪大小。墨西哥钝口螈的标本中最大的体长超过43厘米，但典型的身体长度介于20～28厘米之间；雄性墨西哥钝口螈的体重介于125～130克之间，雌性墨西哥钝口螈的体重介于170～180克之间。如果用放大镜对着它，从某些角度看，它比胡巴更像人类，尤其是那张大笑的“钝嘴”，比胡巴的小嘴尖牙更可爱，而且它的皮肤如同婴孩一样嫩。

**它比胡巴还要仙**

在电影里，胡巴拥有神奇的本领，油锅炸不了，刀剑砍不伤，外表娇小柔弱，威力却很大。

墨西哥钝口螈也有一种神奇的本领，它具有超强的自愈再生能力。

墨西哥钝口螈受伤后不会以结疤的形式自愈，而是会在几个月内长出新的肢体，不仅仅是尾巴和四肢，连脑部组织也能再生。这种超“仙”的愈合过程，有助于人类截肢的再生研究，而研究无疤痕治愈手段能够大幅加快患者的术后恢复过程。

为什么墨西哥钝口螈拥有这种神奇的本领？研究发现，一种被称为巨噬细胞的免疫细胞对螈类的再生能力至关重要，它们新陈代谢较快，可以迅速重新长出肢体或器官。

**它比胡巴还会变**

电影中的胡巴有四只手，会被吹到脸变形。墨西哥钝口螈头部宽大，终生有外腮，通常有六根鳃平均分布于头部两侧，每侧三根。这个外腮长而浓密，看上去像六个角，所以俗称它为“六角恐龙”。外鳃一般为红色，有时也会随食物的颜色而改变。墨西哥钝口螈会用皮肤呼吸，幼年时体色较浅，成年后体色会变得鲜艳，斑点明显。它的变异类型很多，可以形成多种体色的个体。这种变异和它的基因特点有关，因为它有28条染色体，可以进行减数分裂。

**它比胡巴还好养**

还记得电影里男女主人公怎么喂养胡巴的吗？它饿了要喝血，这多少令人害怕。可是，墨西哥钝口螈很好养，所需基本工具就是水槽，饲养1只墨西哥钝口螈，有45厘米的水槽就够了。而且，墨西哥钝口螈是杂食动物，可以喂各种容易找到的食物，如鸡肉、淡水鱼和虾肉，为了方便，还可以喂血虫和蚯蚓。

**它比胡巴还可怜**

电影中的胡巴被小孩子追赶，被血妖追杀，被天师追捕，无家可归，既可爱又可怜。

现实中的墨西哥钝口螈因为生活的水域遭到污染，栖息水体被砂石化破坏而面临灭绝。它们原产于墨西哥城附近的湖泊，主要分布在霍奇米尔科湖和查尔科湖。但是湖水的干涸、污染和当地人的捕食，都导致墨西哥钝口螈存活数量的减少。在2016年，墨西哥钝口螈已经被世界自然保护联盟列为极其濒危的物种。

现在，野生存活的墨西哥钝口螈已经非常稀少了，虽然它的原产地在墨西哥，但在中国，根据法律和科学论证，它也属于二级保护动物。

# 松鼠和橡子的故事

□文/邓　笛/编译

我和几个小学生躲在一片硬木森林边的石墙后面，观察一只灰色松鼠。它从树洞里爬出来，急急忙忙地跳到地上，地上立即多出了一个灰色的雪团。学生们看到那只跳跃的松鼠时，竟安静得令人吃惊，他们观察得非常认真和仔细。松鼠抬起前腿，用后腿站立起来，甩动尾巴，然后离开了。它在不远处停了下来，开始挖掘，很快一颗褐色的橡子被刨了出来，我听到学生们发出一阵兴奋的窃窃私语。

松鼠是一种常见的小动物，许多人都不会注意它们，除了这些参加自然实践的小学生。所以，只有他们才知道有关松鼠的那些有趣的事情。整个秋天，松鼠都在收集橡子，它们只要捧着橡子闻一闻、摇一摇，就能知道这颗橡子是否适合成为储备粮食。如果橡子里有象鼻虫，就不适合储藏，松鼠就会当场将这颗橡子连同里面的象鼻虫吃掉。因为一个有象鼻虫的橡子在冬天是难以保存的，象鼻虫会吃掉大部分橡子仁，剩余的部分也会腐烂。

另一个有趣的现象是，松鼠会运用欺骗手段打败他们的竞争者。它们携带橡子，埋在一处，又挖出来，再埋到另一处，反反复复，不停地变换地点，而这些行为都是为了迷惑潜在的掠夺者。

松鼠是分散贮藏的高手。每年秋天，它们都会在自己领地周围不同的地方埋下成百上千颗坚果。它们能记住每颗坚果的位置，检索成功率高达95%。

当我们看到松鼠挖掘和藏匿橡树种子的情景时，很自然地想到了一个问题：是松鼠造就了橡树的特性，还是橡树形成了松鼠的生活方式呢？想一想，橡子仁是一种甘美的蛋白质，对松鼠有着极大的诱惑。但是，要破开橡子的硬壳很不容易，需要花费很长时间，所以松鼠不能一次性吃太多的橡子，否则容易受到捕食者的攻击，于是它们在进化的过程中养成了藏橡子的习惯。对于橡树来说，松鼠是一个好帮手，它们不仅把橡子藏起来，不让其他以种子为食的动物窃取，还将这些橡子埋在土里，使它们得以在春天发芽。

一段时间内，同一个地区所有的橡树同步结满了橡子，森林的地上到处可见橡子，松鼠四处埋藏这些橡子。橡子越多，藏橡子的地方就会延伸得越远。那些远离母树的橡子，常常“无人认领”，从而成为下一代橡树。

当小学生们看着松鼠如何将橡子破壳，又如何啃食橡子仁的时候，我的目光从这些可爱的哺乳动物身上移向橡树宽阔的树枝上，我看到了另一种生物，它们不仅仅被动地为松鼠提供食物，而且具有灵性和智慧。

# 笼中狮

□文/班　超/编译

动物园里的狮子与野外的狮子看起来十分像。它们都有尖尖的牙齿和锋利的爪子，都可以咆哮。雄狮的鬃毛都很浓密，威武而雄壮的样子。

看起来确实像，但它不做野外狮子做的事。

它不狩猎。

它不保护自己的领地。

它不去太远的地方，也不狂野。

它还是一头狮子，但它没有充分发挥自己的潜能。

你，难道不该是一头狮子吗？

# 骆驼的抗沙标配

□文/张云广

穿行于瀚海中的骆驼是以酷热、干燥、贫瘠等为特征的沙漠极端环境中的成功生存者。不仅如此，它们还曾一度成为人类在沙漠中最主要的运输工具，素有“沙漠之舟”的美誉，而这一切都源于其拥有一套高效运作的抗沙标配。

骆驼是一种极不挑食的动物，陆地上近百分之八十的植物都在它的食谱范围内，即使是一些看起来十分坚硬的东西，也会在其反复咀嚼和消化液的强力作用下转换成可以吸收的汤汁。骆驼的反刍能力惊人，它的脸颊内侧密集分布着手指状指向后侧的突起，这些突起的作用是留住食物，特别是能够留住从胃里反刍出来的食物，以便再次进行咀嚼，其反刍次数可以高达五十次，以便最大限度地吸收和利用食物。

骆驼不仅是高效利用食物的专家，还是节能减排的高手。骆驼的腿部有着发达的跟腱结构，这些跟腱如同橡皮筋一样，弹力十足，大大削减了其长途跋涉时所耗费的能量。瘦死的骆驼比马大，而骆驼的膀胱相对其庞大的身躯来说，就显得有些小了，骆驼排泄出的尿液量很少，其中所含的水分也极少。骆驼体内有许多条小管汇聚到肾脏的中心部位，使肾脏具有强大的过滤功能，尽可能地回收尿液中的每一滴水。超凡的减排能力使骆驼在一次性喝下一百升水的情况下，可以行走一百千米的路程，所以在沙漠中，即使骆驼不喝水，也能生存很长一段时间。

此外，作为标志性部位的驼峰是骆驼最重要的战略储备基地，而且驼峰部位的皮肤厚度有一厘米，里面是被脂肪化了的细胞组织，这样的细胞组织为骆驼在非常时期提供了能量上的补给和保障。这些脂肪具有很好的隔热能力，同时能把脂肪汇聚于一处，并非遍布周身，这样的布局正是为了方便其他部位能够更好地散热，堪称一大科学布局。

骆驼自身的降温制冷机制还远不仅于此。休息时，骆驼采用的是跪地姿势，带着厚厚的老茧，还有可以耐得住高温侵袭的胸椎骨，起着重要的支撑作用。这样一来，骆驼的整个胸腔得以远离地面，免受流沙的灼烫之苦。同时，骆驼的四肢与胸椎骨支起的空间会有气流通过，也发挥了一定的降温功能。

最让人称奇的是骆驼保护大脑的策略。骆驼的鼻甲很大，横截面呈卷轴状（或呈洋葱圈状）结构，由一层膜覆盖着的薄骨构成，里面充满了血管，并一直延伸到头骨的后面。鼻甲不仅表面积很大，而且表面很潮湿，伴随着呼吸作用时的水分蒸发，覆盖鼻甲的血管得以冷却，并形成相对凉爽的空气。这些凉爽的空气在头骨深处与从心脏输送上来的高温血液相遇，然后通过更为细小的血管实现了冷与热的交换，使得相对低温的血液也能够流向大脑，保障了大脑良好的工作状态。

高效利用、节能减排、资源储备和降温制冷，当人类还在把这些理念作为攻关课题而不懈努力时，骆驼早已把它们化作实践成果，并且全部装备到位。

# 当北极熊和企鹅成为邻居

□文/西有林

北极熊与企鹅各自生活在地球的两极，一个是北极的霸主，一个是南极的象征。在历史长河中，它们从未在对方的地盘碰过面。可如果将企鹅迁徙到北极，或将北极熊运到南极，它们的命运将会如何?

化石完整地记录了北极熊的演变过程，它是由距今六十多万年前的古代棕熊进化而来的。当时南极洲所在的冈瓦纳大陆与北方的劳亚大陆距离遥远，熊类无法到达。虽然南极和北极都非常寒冷，但南极是一片陆地，北极是一片海洋。相对海洋来说，陆地的升温、降温要快得多，所以南极远比北极更寒冷。

北极熊的生活离不开浮冰，它们每年都与海冰共进退，在浮冰上猎取海豹、海象等富含脂肪的动物。南极大陆虽然缺少这些食物，但南极周边的海域常年有浮冰，并且有南极海狗、食蟹海豹、威德尔海豹等动物可供北极熊捕捉，还有大量的企鹅，这些都能成为北极熊的食物，有利于北极熊在南极生存。

然而，北极熊还是无法在南极生活下来，因为更寒冷的气候会直接影响它的冬眠时间。经过数十万年的演变，北极熊已经适应了北极的环境，它们每年都会在固定的时间冬眠，再由北极气候和自身的生理状态将它们唤醒。要是突然来到南极，北极熊的冬眠时间必然会加长，长时间不进食会导致北极熊死亡。

再来说说企鹅，北极原本也是有企鹅的。早在16世纪，当地土著将大海雀称为Pinguinus，就是企鹅的意思。19世纪，欧洲人来到南极，发现了如今的企鹅，因为两个物种长相类似，就将其也称为了企鹅。由于大海雀很快灭绝了，所以如今说起企鹅，就只剩下南极企鹅了。

大海雀身高75厘米至85厘米，重约5千克，背面是黑色的，腹部则是白色的，这是它们在海洋中游泳的保护色。虽然长相差不多，但企鹅和大海雀并没有亲属关系，它们属于两个物种，类似的外貌是生活在相近环境下进化的结果。

大海雀翼长15厘米，不会飞。因为无论在南极还是在北极，陆地生物资源都比较匮乏，而海洋拥有丰富的食物，为了生存，企鹅和大海雀放弃了飞翔，将自己进化成潜水健将。据记载，大海雀在水中游泳的速度很快，可以任意改变行进方向，它们潜水的时间长达15分钟，深度能到达近千米。生活在寒冷的环境里，又要经常下水寻找食物，为了保暖，大海雀和企鹅都长有厚厚的脂肪层，所以它们看起来胖乎乎的，自然也就成了其他食肉动物的猎物。

大海雀常年在海里生活，只有在繁殖期才会回到岸上筑巢，它主要的天敌是北极熊、虎鲸和其他大型食肉鱼类，当然还有土著居民。在大自然及各种天敌的斗争中，大海雀始终保持着相当数量，直到15世纪末16世纪初，大航海时代带来了欧洲殖民者，他们疯狂地猎杀大海雀，吃它们的肉，用它们的羽毛制作羽绒服和装饰品，还把它们制成标本展出。不仅如此，殖民者还野蛮地破坏了大海雀的筑巢地，于是大海雀很快就彻底灭绝了。

如果企鹅迁徙至北极，没有人类灭绝式的屠杀，应该能够顺利繁衍，相比残酷的南极大陆，北极的生活应该更容易些。这对企鹅来说是一件好事，当然对北极熊来说也是一件好事，因为它们已经一百多年没尝过企鹅的味道了，这下它们又可以尝尝鲜了。